LES

3862

HUMORISTES.

PARIS, IMPRIMERIE DE COSSON,

RUE SAINT-GERMAIN-DES-PRÉS, N° 9.

LES
HUMORISTES,

OU

LE CHATEAU DE BRACEBRIDGE,

PAR WASHINGTON IRWING;

TRADUIT DE L'ANGLAIS

PAR GUSTAVE GRANDPRÉ.

« Messieurs, excusez ma rudesse ; je marche
dans les ténèbres. Je suis un voyageur qui,
après avoir parcouru les quatre parties du
monde, viens visiter ce petit coin de terre. »

L'Ordinaire de Noël.

TOME SECOND.

À PARIS,

CHEZ CORBET, LIBRAIRE,

QUAI DES AUGUSTINS, N° 61.

M DCCC XXVI.

LES

HUMORISTES.

LE VOL.

> « Le faucon en partant souvent rase la terre ;
> L'oiseleur inquiet, qui le cherche des yeux,
> L'appelle de la voix, tremble et se désespère ;
> Mais s'il le voit soudain planer au haut des cieux,
> Fondre d'un vol rapide, ou *lier* une proie,
> Le cor, en sons bruyans, exhale au loin sa joie. »
>
> Poignée d'anecdotes plaisantes.

DE bonne heure et matin le château était en émoi, et chacun se préparait au divertissement du jour. Au lever du soleil, j'ai entendu M. Simon siffler et chanter sous ma fenêtre, tout en ajustant les *jets* aux jambes du faucon ; et j'ai reconnu

II.   1*

quelques couplets de ses vieux airs favoris.

> Lorsque le cerf est aux abois,
> Et que le cor au loin résonne;
> Lorsqu'une bergère friponne
> M'appelle et fuit au fond des bois, etc.

Un déjeuner solide, composé de viandes
froides, était servi dans le grand salon.
Toute la garnison était en mouvement ;
les domestiques, les fermiers et même un
renfort de volontaires et d'oisifs enrôlés
dans le village. De tous les côtés l'on ame-
nait des chevaux à la porte du château :
chacun avait un mot à dire ou quelque
chose à faire ; on s'agitait, on allait, on
venait ; les chiens aboyaient à tout rompre ; les uns, destinés à la chasse, se mon-
traient impatiens d'entrer en campagne,
et les autres, condamnés à rester au logis,
étaient chassés vers leur chenil à grands
coups de fouet. En un mot la demeure du
bon chevalier présentait en ce moment
une image fidèle de ces bruyans châteaux
du bon vieux temps de la féodalité.

Le déjeuner fini, la cavalcade se dispose à entrer en campagne. La belle Julie était de la partie ; elle montait sa petite bête favorite, était revêtue d'un habit de cheval, avec un chapeau de castor sur lequel flottait un léger panache ; et je remarquai avec plaisir qu'au moment où elle mettait le pied dans l'étrier, le vieux Christy, oubliant sa rudesse habituelle, s'empressa d'ajuster sa selle et sa bride. Elle le remercia par un gracieux sourire, et je le vis aussitôt porter la main à son chapeau, puis promener ses regards sur les autres domestiques d'un air d'importance et de satisfaction, où je lus aisément que le bon homme triomphait en contemplant la grâce charmante de son élève en équitation.

Lady LillyCraft voulut aussi jouir du spectacle de la chasse ; on la voyait en habit de cheval de l'autre siècle, avec un castor blanc à larges bords, attaché sous le menton, s'avancer lentement sur sa jolie petite haquenée écossaise, dont les allures sont aussi douces que le mouvement

d'une escarpolette, tandis que le général,
qui ne ressemblait pas mal à l'un de ces
héros à larges panses qui figurent dans
les vieilles gravures de la bataille de Blen-
heim, l'escortait galamment; de l'autre
côté venait le ministre qui s'intéressait
vivement au divertissement scientifique
du *vol*, et dont les conseils avaient été fort
utiles en raison de ses connaissances pro-
fondes dans les vieilles coutumes.

Enfin, tout le monde étant prêt, nous
partîmes du château. L'exercice à cheval
met en belle humeur; le coup d'œil d'ailleurs était riant et animé. Les jeunes gens
accompagnaient miss Templeton. On la
voyait conduisant son cheval avec autant
de grâce que d'aisance; son panache,
agité par le vent, se balançait molle-
ment dans l'air, et toute la troupe,
paraissant et disparaissant à travers les
arbres, babillant et galopant avec l'enjouement et la vivacité naturels à la jeunesse, produisait un charmant effet. Le
chevalier et M. Simon marchaient de
front, suivis du vieux Christy sur le

fidèle Poivre. Christy portait le faucon sur le poing, l'oiseau, disait-il, étant habitué à lui. Puis venait la bande brúyante des fantassins, c'est-à-dire les domestiques du château, et les oisifs du village, avec deux ou trois épagneuls pour faire lever le gibier.

A l'arrière-garde marchait tranquillement une espèce de corps de réserve, composé de lady Lilly Craft, du géneral Harbottle, du ministre et d'un gros laquais. Milady s'avançait doucement sur sa petite haquenée écossaise, tandis que le général, monté sur un grand cheval de chasse, laissait tomber sur elle des regards de protection.

Quant à moi, n'étant point chasseur, je me réunis à cette petite troupe, ou plutôt je traînai sur les derrières pour mieux jouir du coup d'œil ; et quelquefois, ralentissant le pas, le ministre venait me tenir compagnie.

La chasse nous conduisit à quelque distance du château, dans une belle prairie tout humide de rosée. Elle était

traversée par une petite rivière bordée
de saules déjà couverts d'un tendre feuillage ; et les chasseurs se mirent à la recherche des hérons, qui, disait-on, se
tenaient d'ordinaire sur la rive.

Mais déjà des discussions s'étaient élevées parmi les chefs de la chasse. Le
chevalier, M. Simon et le vieux Christy,
semblables aux officiers supérieurs d'un
corps d'armée, se rassemblaient de temps
en temps et formaient le cercle afin de
tenir conseil; et je jugeai à certains mou-
vemens de tête que Christy était aussi
opiniâtre et aussi entêté qu'un vieux général allemand.

Tandis que nous caracolions sur cette
belle pelouse, le moindre bruit était répété par un superbe écho que formaient
les hautes murailles d'un vieux bâtiment
situé sur la rive opposée; et je m'arrêtai
pour écouter *cet esprit de la voix* qui
semble se complaire dans les lieux cal-
mes et solitaires. Le ministre m'apprit
que ces ruines étaient les restes d'une
ancienne ferme, et que les paysans du

canton les croyaient fréquentés par une
dobbie, espèce de lutin champêtre, semblable à *Robin le serviable*. Ils se persuadent que l'écho est la voix de la *dobbie*
qui leur répond, et ils ne se soucient
guère de l'éveiller pendant la nuit. Le
chevalier, ajouta-t-il, conserve précieu-
sement cette ruine, précisément à cause
de la croyance superstitieuse qui y est
attachée. Tout en considérant la demeure de cet *être aérien*, je me rappelai
cette belle description d'un écho qu'on lit
dans la Duchesse de Malfy par Webster :

Reste d'un vieux moutier délabré par les ans,
Au-delà du torrent une muraille antique
Forme un très-bel écho; en sons clairs il réplique;
On dirait qu'un esprit répond à vos accens.

Le ministre reprit alors la parole pour
commenter longuement le nom énergi-
que que les Juifs donnaient jadis à l'écho,
qu'ils appelaient *Bath-Kool*, c'est-à-dire
le fils de la voix; ils le considéraient comme
une espèce d'oracle, qui dans le second
temple suppléait l'ivrim et le thum-

mim (1) réservés au premier (2). Mais
par malheur, précisément au moment
où le petit homme entamait une savante
dissertation sur ce sujet, il fut interrompu par un bruit assourdissant de
clameurs, *d'exclamations et d'aboiemens.*
Une volée de corneilles, effrayées de notre appareil imposant, était partie tout
à coup d'une prairie voisine, et toute la
racaille à pied criait à la fois : « A vous,
à vous, Christy ; voilà le moment. »
De leur côté le chevalier et M. Simon,
qui battaient les bords de la rivière à la
recherche des hérons, recommandaient
à Christy de rester tranquille ; de sorte
qu'étourdi et troublé par ces cris confus,
le bon homme perdit la tête : sans trop
savoir ce qu'il faisait, il ôta le capuchon,
lâcha le faucon ; et corneilles et faucon
gagnèrent le large.

---

(1) Ornemens sacerdotaux attachés à l'éphod,
et par lesquels le seigneur manifestait ses volon-
tés au grand-prêtre.

(2) Monde enchanté de Bekker.

　　　　　　　　　(*Notes du Traducteur.*)

Je m'étais arrêté avec lady Lilly Craft et son escorte sur une petite éminence d'où l'on découvrait toute la chasse ; et de là, je contemplai à loisir le charmant coup d'œil qu'offrait la cavalcade au moment où elle traversait la prairie dans la direction qu'avait suivie l'oiseau. Le visage des chasseurs tourné vers le ciel, tandis qu'ils suivaient des yeux le vol du gibier, était éclairé par le soleil levant ; les domestiques à pied, et le nez en l'air, couraient en criant de toute la force de leurs poumons, et les chiens aboyant et bondissant se joignaient par sympathie à ce concert tumultueux.

Le faucon avait séparé une *proie* du reste de la bande carnassière, et c'était un spectacle curieux de voir les efforts des deux oiseaux pour gagner le dessus, l'un afin de pouvoir *enfoncer*, l'autre pour éviter le coup fatal. Tantôt ils se perdaient au sein d'un léger nuage, et tantôt on les voyait reparaître dans l'azur des cieux. Je ne suis point chasseur, aussi j'avoue que le pauvre animal qui luttait

pourdéfendre sa vie m'inspirait plus d'intérêt que le faucon, que je comparais
à un soldat mercenaire. Cependant le
faucon prit enfin le dessus, et fondit sur
sa *proie;* mais elle fit le plongeon, et,
se relevant par un crochet, évita les ser-
res fatales; puis, redoublant de vitesse,
elle se dirigea en croassant vers un vieil
arbre desséché que l'on apercevait sur le
sommet d'une montagne voisine; tandis
que le faucon désappointé s'éleva de
nouveau dans les airs et sembla *dépiter.*
Ce fut en vain que Christy appela, siffla
et voulut le *leurrer;* l'oiseau n'en tint
compte, et dans le fait la voix de l'oi-
seleur fut étouffée au milieu des cris et
des aboiemens de la milice indisciplinée
qui le suivait.

En ce moment une exclamation de
lady Lilly Craft me fit tourner la tête,
et je vis, dans le petit vallon qui s'étendait
à nos pieds, toute la troupe des chasseurs
dans le plus grand désordre. Ils se diri-
geaient au galop vers une petite éminence, et j'aperçus avec effroi le cheval

de miss Templeton errant à l'aventure sans son cavalier. Je courus à l'endroit vers lequel tout le monde se précipitait, et lorsque j'atteignis le sommet d'un monticule qui dominait la rivière, j'aperçus à quelques pas la belle Julie, étendue sans mouvement, pâle et baignée dans son sang, tandis que son amant au désespoir la soutenait dans ses bras.

En galopant sans précaution les yeux tournés vers le ciel, elle s'était approchée trop près du bord ; la terre avait cédé sous son poids, et elle avait roulé avec son cheval sur le gravier le long de la rivière.

Je n'ai jamais vu semblable désolation. Le capitaine se désespérait, lady Lilly Craft était sans connaissance, le chevalier consterné, et M. Simon en perdait l'esprit. Enfin un léger mouvement annonça que la charmante créature revenait à la vie ; elle ouvrit les yeux, promena ses regards sur le groupe attristé qui l'entourait, et, devinant à l'instant le sujet de l'inquiétude générale, elle sourit doucement, puis, saisissant la main de

son amant, elle s'écria d'une voix faible :
« Rassurez-vous ; Guy, ce n'est rien. » Je
l'aurais embrassée pour cette seule exclamation.

Le fait est que, par une espèce de mi-
racle, elle en est quitte pour une légère
contusion à la tête, un pied foulé et quelques meurtrissures. Après qu'on eut étan-
ché le sang qui coulait de la plaie, on la
conduisit à une chaumière voisine, tandis qu'on allait chercher une voiture
pour la transporter au château ; et lorsque
la voiture fut arrivée, toute la cavalcade,
qui était partie si gaiement le matin, rentra au logis triste et pensive.

J'avais été enchanté du courage de la
jeune lady, qui, au milieu des souffrances, n'avait eu d'autre pensée que de
rassurer les personnes qui l'entouraient ;
mais je fus également charmé de l'intérêt universel que lui témoignèrent les
domestiques à notre retour : on les voyait
tous accourir le long de l'avenue, se dispu-
tant le plaisir de lui être utiles. Le sommelier lui présentait des cordiaux pré-

-cieux ; la vieille femme de charge était munie d'une demi-douzaine de vulné- raires, qu'elle a préparés elle-même, sui- vant le livre de recettes de la famille, tandis que sa nièce, la sensible Phœbé, incapable de rendre aucun service, se tordait les mains en pleurant à chaudes larmes.

La seule conséquence importante de ce fâcheux événement sera sans doute de faire différer de quelques jours le ma- riage qu'on était sur le point de célébrer. Certes je prends part à la contrariété qu'é- prouve à ce sujet le capitaine ; cependant, sous certains rapports, je ne suis point fâché d'un retard qui me fournit une nouvelle occasion d'étudier les person- nages rassemblés au château, et qui, de plus en plus, excitent ma curiosité.

On s'aperçoit aisément que ce triste résultat de ses essais de *vol*, et ce fâcheux commentaire de son système sur l'éduca- tion équestre des femmes, a vivement affecté le digne chevalier. De son côté, le vieux Christy est plus bourru que ja-

mais ; M. Simon l'ayant tancé vertement
pour avoir lâché son faucon sur une
charogne. Quant au faucon, au milieu
du trouble occasioné par l'accident de
la belle Julie, on l'a complétement
oublié ; sans doute il a regagné le château hospitalier de sir Watkyn Williams
Wyme, et peut-être au moment où j'é-
cris il est occupé à nettoyer ses plumes
sous les bosquets verdoyans de Wyunstay.

LES GENTILSHOMMES.

« Sans la vertu , la naissance n'est rien ;
Mais lorsque , rehaussant une illustre origine ,
L'honneur s'unit au rang par un heureux lien ,
Alors vraiment la noblesse est divine. »

Le Miroir des magistrats.

J'AI cité quelques-uns des principes bizarres du chevalier en ce qui concerne l'éducation de ses enfans; qu'on ne se persuade pas cependant qu'il a dirigé toutes ses idées vers les avantages extérieurs. Il a pris le plus grand soin de former aussi leur esprit, et de leur inculquer de bonne heure ce qu'il appelle les vieilles maximes anglaises, telles que nous les ont

transmises Peachem et les autres auteurs
contemporains. Mais un écrivain dont le
nom seul excite l'indignation du chevalier, c'est Chesterfield : « A une certaine
époque, dit-il, ses écrits ont altéré le véritable caractère national, et remplacé la
sincérité et une mâle franchise par une
vaine et fausse courtoisie. Ses maximes
ne sont propres qu'à glacer l'heureux enthousiasme de la jeunesse, à la faire rou-
gir de cette exaltation chevaleresque,
présage d'une noble fierté, et à substituer
à leur place une froide politesse et une
urbanité prématurée.

» La plupart des maximes de Chesterfield
ne tendent qu'à faire d'un gentilhomme
un homme à la mode, et telle n'est point
la destinée d'un Anglais. Il n'a pas le
droit de se renfermer dans un froid
égoïsme. Ses loisirs, son repos, sa fortune
appartiennent à son pays, et il doit toujours être prêt à les lui sacrifier. Il faut qu'il
soit homme en un mot, qu'il soit franc,
ouvert, enjoué, prévenant, instruit, accompli s'il se peut ; qu'il soit brave, loyal

et généreux ; capable de vivre avec des
hommes libres, ou de lutter avec des
hommes d'état, et de défendre son pays
et ses droits au-dedans et au-dehors.
Dans une contrée telle que l'Angleterre,
où l'on ouvre à l'exercice de l'intelligence
une carrière libre et sans bornes, où l'o-
pinion et l'exemple exercent sur l'esprit
du peuple une si vive influence, tout
gentilhomme est obligé de consacrer ses
loisirs et ses richesses à la gloire et à la
prospérité de la nation Dans une contrée où l'on entrave, où l'on arrête par
de nombreux obstacles l'action et le développement de l'intelligence, les hommes éminens par leur rang ou leur
naissance peuvent impunément traîner
leur vie dans les plaisirs et l'oisiveté ;
mais un Anglais fat est inexcusable ;
et c'est pour cela sans doute que de tous
les fats du monde, c'est le plus ridicule et
le plus insupportable. »

C'est ainsi, me disait Franck Bracebridge, que le chevalier parlait à ses fils
au moment où ils quittèrent la maison

1*

paternelle, l'un pour voyager sur le continent, l'autre pour se rendre à l'armée, et le troisième à l'université. Il les conduisit dans sa bibliothèque, où sont suspendus, les portraits de plusieurs vieux auteurs, et entre autres ceux de Sydney, de Surrey, de Raleigh et de Wyatt. « Contemplez, mes enfans, s'écriait-il avec enthousiasme, contemplez ces parfaits modèles de la noblesse anglaise, ces génies dont le goût pur et délicat sut orner de fleurs les vertus sévères d'un soldat, et qui, animés de ce véritable esprit chevaleresque, seul capable d'élever l'homme au-dessus de lui-même, unirent la douceur à la force, la grâce à la valeur; voilà les lumières que doivent suivre les jeunes gentilshommes de notre pays; ils firent l'ornement et l'amour de leur contrée au-dedans, et sa gloire au-dehors : Surrey, dit Cambden, fut le premier gentilhomme qui, à l'illustration de la naissance, ajouta celle du savoir. On le citait comme le plus vaillant des guerriers, le plus aimable des amans, le plus

parfait des gentilshommes de son temps.
Wyatt, d'après le portrait flatteur que
nous a laissé son ami Surrey, était d'une
taille noble et majestueuse ; ses traits
avaient une expression de douceur mêlée
d'une certaine sévérité ; il chantait et
pinçait le luth d'une manière admirable,
parlait les langues étrangères avec autant
de facilité que d'élégance, et possédait un
fond de gaieté inépuisable. Et voyez quel
bel éloge on accorde à ses illustres amis.
A leur retour d'Italie, où ils s'étaient pé-
nétrés de la majesté du style, de la douceur et de l'harmonie de la poésie ita-
lienne, ces deux guerriers s'appliquèrent
à polir notre littérature encore rude et
sans noblesse, et méritèrent ainsi le titre
de réformateurs du style et de la poésie
anglaise. Et sir Philippe Sydney, dont les
charmans écrits sont des modèles pour
la finesse des pensées et l'élévation des
sentimens, et qui s'illustra d'une manière
si glorieuse dans les combats par sa valeur chevaleresque ; et sir Walter Raleigh, courtisan poli, brave guerrier, ma-

rin aventureux, philosophe éclairé et cou-
rageux martyr, voilà les hommes que
doit étudier un gentilhomme anglais.
Chersterfield et ses froides maximes de
cour auraient glacé ces brillans génies ;
elles auraient arrêté leur essor et flétri
dans sa fleur leur enthousiasme chevaleresque. Sydney n'aurait point écrit son
Arcadie, et jamais Surrey n'aurait défié
l'univers entier en maintenant la beauté
incomparable de sa Géraldine. Voilà, mes
enfans, ajoutait le chevalier, voilà des
hommes dont l'exemple prouve à quelle
hauteur sublime peut s'élever notre caractère national, lorsque l'on sait combiner
et enflammer à propos les heureux élé-
mens qui le composent. Ce sont les
corps les plus durs qui sont susceptibles
du plus beau poli ; et le caractère le plus
propre à briller d'un éclat impérissable
est celui d'un véritable gentilhomme anglais. »

Avant que Guy partît pour l'armée, le
chevalier le prit à part afin de l'exhorter à
se comporter en homme d'honneur. Il

l'engagea surtout à éviter ce froid stoï-
cisme qu'affectent, lui disait-on, la plupart des jeunes officiers anglais, qui se
font une étude de dégrader le soldat au
point d'en faire un homme à la mode.
«Un soldat, dit-il, qui n'est point enthou-
siaste et fier de sa profession, n'est qu'un
barbare mercenaire. C'est le patriotisme
et l'amour de la gloire qui le distinguent
de l'assassin à gages. Il est du bon ton
aujourd'hui, mon fils, ajouta-t-il, de
tourner en ridicule le caractère et l'esprit
chevaleresque; mais s'ils s'éteignent jamais, le métier de soldat ne sera plus
qu'un trafic de sang. » Il lui rappela ensuite la conduite d'Edouard, surnommé
le prince Noir, la fleur de la chevalerie,
vaillant dans les combats, affable, brave,
humain, généreux; et lorsque le vieux
gentilhomme vint à retracer sa courtoisie
envers le roi de France, son prisonnier;
comment il l'accueillit dans sa tente;
moins en captif qu'en vainqueur; le ser-
vit lui-même à table comme s'il eût été
l'un de ses serviteurs; marcha à ses

côtés lors de son entrée à Londres, la tête découverte et sur un simple *destrier*, tandis que son prisonnier montait un superbe palefroi blanc, d'une majestueuse encolure, des larmes d'enthousiasme brillaient dans ses yeux.

Enfin, en faisant ses adieux à son fils, le bon chevalier lui fit présent, pour lui servir de manuel, d'un de ses vieux livres favoris, la *Vie du chevalier Bayard*, par Godefroy ; sur un feuillet blanc on lisait écrit de sa main un extrait de la mort d'Arthur; c'était l'éloge prononcé par sir Hector sur le corps de sir Lancelot du Lac, éloge qui, suivant le chevalier, contient l'énumération de toutes les perfections d'un vrai soldat. « Ah! sire Lancelot, tu étais la fleur des chevaliers chrétiens, et maintenant du gis sans vie. Jamais tu ne trouvas ton égal parmi les chevaliers. Tu étais le chevalier le plus courtois qui jamais ait porté la rondache, le plus fidèle ami qui jamais ait dompté un coursier, le plus fidèle amant qui jamais ait aimé une belle ; tu étais l'homme le plus hu-

main qui jamais ait porté l'épée , l'être le
plus accompli qui jamais ait paru dans
les rangs des chevaliers ; tu étais le plus
doux et le plus gentil guerrier qui jamais
se soit assis à la table des belles , et pour
ton ennemi tu étais le plus terrible chevalier qui jamais ait manié la lance. »

~~~~~~

LES DISEUSES DE BONNE AVENTURE.

« Dans les hameaux, au village, à la ville,
En tous lieux nous trouvons aumônes ou butin ;
Si l'air est pur, le ciel calme et serein,
Un chêne épais nous offre un frais asile ;
Mais si l'orage au loin gronde et mugit,
Du foin dans une grange, et voilà notre lit. »

                              Les joyeux Mendians.

Un soir que je me promenais dans une
prairie non loin du village, avec M. Simon, le général et l'étudiant, nous entendîmes à quelque distance le son d'un
mauvais violon, et en portant nos regards du côté d'où venait, le bruit nous
aperçûmes un léger nuage de fumée qui
s'élevait au milieu des arbres. La musi-

que a toujours quelque chose d'attrayant, car partout où on l'entend l'on est sûr de trouver aussi la bienveillance et la gaîté. Nous suivîmes un petit sentier, et en regardant à travers la haie, nous distinguâmes le musicien et sa troupe. Aussitôt l'étudiant nous fit signe d'approcher, en disant qu'il allait nous procurer l'occasion de nous bien divertir.

Nous le suivîmes, et nous nous trouvâmes au milieu d'un camp de bohémiens, composé de trois ou quatre cahuttes ou tentes formées avec de grosses toiles à voiles et des couvertures retenues par des piquets plantés en terre. On les avait dressées sur une belle pelouse auprès d'une haie d'aubépine, à l'ombre d'un hêtre touffu, et tout auprès, à travers une herbe épaisse semblable à un riche tapis, coulait un ruisseau clair et limpide.

Une bouilloire à thé, soutenue par un fer recourbé, était suspendue au-dessus d'un petit brasier, qu'on alimentait avec du bois mort et des feuilles sèches, et tout auprès deux vieilles bohémiennes, étendues

sur le gazon et couvertes de leurs man-
teaux rouges, babillaient en se chauffant
et prenant le thé; car, quoiqu'il vive en
plein air, ce peuple nomade connaît
aussi les plaisirs du coin du feu. Deux ou
trois enfans dormaient paisiblement sur
une épaisse couche de paille, qui formait
une espèce de litière au fond des tentes;
deux ânes paissaient dans la prairie, et
un chien à mine sévère était étendu près
du feu; quelques jeunes bohémiennes dansaient au son du violon, et le ménétrier,
grand gaillard efflanqué, était vêtu d'une
vieille blouse et portait à son chapeau
une longue plume de paon.

Nous ne fûmes pas plus tôt arrivés près
des tentes qu'une jeune bohémienne à
l'œil vif et malin s'avança vers nous et
nous demanda, suivant l'usage, si nous
désirions qu'elle nous dît la bonne aventure. Je ne pouvais m'empêcher d'admirer l'espèce d'élégance et de recherche
maussades qui régnait dans sa toilette.
Ses longs cheveux noirs, artistement par-
tagés en une infinité de petites tresses,

étaient relevés négligemment , mais d'une façon piquante , et qu'un peintre serait fier d'avoir inventée; sa jupe d'indienne à grands ramages , un peu usée et assez sale , conservait encore une variété et une vivacité de couleurs d'un effet fort agréable à l'œil ; car toutes ces créatures ont un goût exquis pour le choix des couleurs. Elle tenait à la main son chapeau de paille , et un manteau rouge était jeté sur son bras.

L'étudiant s'offrit aussitôt pour se faire dire la bonne aventure , et la jeune fille , avec la volubilité ordinaire à sa profession , commençait à débiter ses oracles , lorsqu'il la tira à l'écart le long de la haie, en disant qu'il ne se souciait nullement que tout le monde entendît ses secrets. Alors je m'aperçus que ce n'était pas elle, mais bien lui qui parlait , et aux coups d'œil que de temps en temps il dirigeait de notre côté , je devinai qu'il donnait à la drôlesse quelques avis particuliers. En revenant à nous il prit l'air sérieux.

« Peste, dit-il, je ne saurais concevoir

comment ces créatures devinent tout ce
qu'elles savent ; cette jeune fille m'a raconté certaines choses que je croyais être
connues de moi seul. »

La jeune bohémienne assaillit alors le
général. « Allons, mon beau monsieur,
lui dit-elle , je vois à vos traits que vous
êtes un homme chanceux , et cependant
vous n'êtes pas heureux, non , Monsieur,
vous ne l'êtes pas ; mais réjouissez-vous,
donnez-moi une belle pièce de monnaie,
et je vous apprendrai de bonnes nouvelles. »

Le général ne faisait que rire de cette
saillie , et l'avait laissée s'emparer d'une de
ses mains ; mais lorsqu'elle parla d'une
pièce d'argent, il toussa deux ou trois
fois, prit un air grave, et demanda en se
tournant vers nous si nous ne ferions pas
mieux d'achever notre promenade. « Allons, mon officier , dit la jeune fille d'un
air malin , si vous saviez ce que j'ai à vous
annoncer au sujet d'une belle dame qui
a certain penchant pour vous, vous ne
seriez pas si empressé; croyez-moi, Mon-

sieur, une vieille inclination ne s'oublie
pas aisément, et bien des gens qui sont
venus pour assister aux noces, s'en re-
tourneront mariés eux-mêmes. » Ici la
jeune fille marmota quelques mots à l'o-
reille du général, qui rougit, paru tému,
et finit par se laisser entraîner à l'écart le
long de la haie ; il semblait écouter avec
beaucoup d'attention, et lorsqu'elle eut
fini, il lui donna une demi-couronne
d'un air à nous faire présumer qu'il ne
regrettait pas son argent.

Enfin la jeune fille dirigea ses attaques
vers M. Simon; mais c'est un vieux renard
difficile à prendre, surtout en ce moment,
où il sentait qu'on en voulait à sa bourse,
car sur ce point il est extrêmement cha-
touilleux. Cependant comme il vise à la
réputation de roué, il lui passa la main
sous le menton en lui adressant quelques
propos grivois, et prenant un air égrill-
lard qu'affectent au théâtre les mauvais
sujets de la vieille école : « Ah! mon beau
Monsieur, dit la jeune fille avec un souris
fripon, vous n'étiez point si badin l'année

dernière lorsque je vous parlai d'une
veuve que vous connaissez bien, et si
vous aviez écouté les conseils d'une
amie, vous n'auriez pas eu la puce à l'o-
reille en revenant des courses de Doncaster. »

Ces mots cachaient un aiguillon secret
qui sembla piquer au vif M. Simon. Il
secoua la tête avec humeur, fit claquer
son fouet, siffla ses chiens, et finit par
dire qu'il était grand temps de rentrer au
logis. Cependant la jeune fille ne voulait
pas perdre l'occasion de faire une bonne
récolte, elle s'adressa donc à moi, et
comme j'ai un certain faible pour les jo-
lis minois, elle m'eut bientôt enjolé quelque argent. En revanche elle me dit ma
bonne aventure, et si, comme je l'espère,
ses prédictions s'accomplissent, je serai
le mortel le plus heureux dont les chro-
niques de l'amour aient jamais fait mention.

Je devinai que l'étudiant avait inspiré
le mystérieux oracle, et qu'il s'était diverti
aux dépens du général, dont les tendres

attentions pour la veuve n'ont point
échappé à l'œil pénétrant du jeune es-
piègle; mais j'étais curieux de savoir ce
que signifiait cette allusion obscure, qui
avait complétement déconcerté M. Simon; aussi, tandis que nous revenions
au château, je trouvai un prétexte pour
rester un peu en arrière avec l'étudiant,
qui, aussitôt que je le questionnai sur ce
sujet, me donna en riant d'amples expli-
cations.

Le fait est que depuis ma première
visite au château, pendant les fêtes de
Noël, M. Simon a essuyé une triste re-
buffade. Il me dit alors en confidence
qu'on le raillait souvent au sujet d'une
jeune et jolie veuve, et j'attribuai l'air de
satisfaction qu'il laissait paraître en pa-
reille circonstance à ce penchant naturel
à tous les vieux garçons qui se plaisent à
parler mariage, et aiment assez qu'on les
plaisante sur leur caractère volage, leur
inconstance et leur légèreté. Mais M. Si-
mons'était réellement persuadé, m'a-t-on
dit, que la belle veuve avait du penchant

pour lui; en conséquence il s'était mis en
dépense pour sa toilette, et avait chargé
Franck Bracebridge de lui commander un
habit chez Stultz. Il répétait souvent qu'il
faut qu'un homme s'établisse lorsqu'il est
encore dans la force de l'âge; si l'on venait
à parler de mariage, et qu'en même temps
l'on prononçât le nom de la jeune veuve,
il prenait aussitôt son sérieux; et il con-
sulta confidemment le ministre et le
chevalier pour savoir s'il serait prudent à
lui d'épouser une veuve riche, mais aussi
mère de plusieurs enfans.

Il n'est pas possible qu'un personnage
important, membre d'une nombreuse
famille, parle long-temps du mariage
sans que le bruit ne s'en répande aussitôt. Ainsi la nouvelle du canton fut que
M. Simon Bracebridge allait avec un nouveau cheval aux courses de Doncaster,
mais qu'il en reviendrait dans un bel
équipage, et ramenant une femme avec
lui. M. Simon fut réellement aux courses;
il y alla avec un nouveau cheval, et la
belle veuve y parut aussi dans son équi-

page ; mais malheureusement elle était accompagnée d'un grand diable de dragon irlandais, avec lequel M. Simon, malgré la bonne opinion qu'il a de lui-même, n'avait nulle envie de se mesurer, et qu'elle épousa peu de temps après.

Jusqu'à ce moment M. Simon ne s'était jamais compromis : aussi pendant quelques mois sa mésaventure l'affecta vivement, et il se vit exposé aux railleries des plus lourds esprits de la famille ; et l'on sait que personne ne supporte plus impatiemment une plaisanterie qu'un plaisant de profession. Sa seule ressource, en attendant qu'on oubliât son aventure, fut de se réfugier auprès de lady Lilly Craft, et de s'occuper à vérifier ses comptes, à enseigner à chanter juste au chœur du village, et à *royaliser* un sansonnet en lui apprenant à siffler le *God save the king*.

Maintenant il est à peu près consolé, il va tête levée, chante et rit de bon cœur ; affecte de regarder en pitié les gens mariés, et ne se montre jamais plus facétieux que lorsqu'il est question des veuves, pourvu toutefois que lady Lilly Craft soit absente. Cependant il a encore de rudes épreuves à subir , lorsqu'il tombe entre les mains du général , qui est aussi lourd qu'opiniâtre dans ses facéties , et trouve moyen de ramener à tout propos pendant un repas entier le plus méchant bon mot. Cependant , M. Simon pare ses attaques en citant une stance de son vieux livre : le Solliciteur de Cupidon.

> Languir près d'une veuve , hélas! est inutile ;
> Son cœur , s'il doit céder , ne tiendra pas huit jours.
> 　Mais en amour toute veuve est habile ;
> Et plus d'un jeune amant est dupe de ses tours.

LES
GENTILSHOMMES CAMPAGNARDS.

« Au sein de plaisirs purs , riche trésor du sage,
Tranquille et satisfait, il coule d'heureux jours ;
Lorsque le soleil brille, au milieu de son cours,
Sous des hêtres touffus il cherche un frais ombrage ;
Si l'orage mugit, il le brave du port ;
Et dans un doux repos, qui n'est point la mollesse,
Il vit sans désirer et sans craindre la mort. »

Phinias Fletcher.

JE trouve toujours un nouveau plaisir
à accompagner le chevalier lorsqu'il visite
ses états , surtout s'il est entouré de son
conseil privé. Son premier ministre , le
vieil intendant , est un brave et digne
homme qui s'arroge une certaine autorité , c'est-à-dire , qu'habitant le château

depuis un temps immémorial, il croit
avoir acquis le droit d'en faire à sa tête.
Il aime la terre plus encore que le chevalier; et par suite d'un certain penchant
à critiquer tous les plans qu'il n'a pas tra-
cés lui-même, il contrarie étrangement
son maître dans ses projets d'améliorations.

Je me rappelle avoir vu, dans le cours
d'une de ces tournées, le chevalier parler de quelques changemens qu'il se pro-
posait de faire sur une pièce de terre; l'intendant ne manqua pas de le contredire
aussitôt, et se livra à de longs raisonnemens pour prouver la nécessité de conserver une barrière ou un petit monticule;
et le chevalier, qui a une haute idée de
la droiture et de l'habileté du bonhomme,
finit par céder. Mais j'ai observé qu'une
concession adoucit à l'instant le digne
intendant : aussi, après avoir traversé
deux ou trois champs en silence, les
mains derrière le dos et méditant profon-
dément, il se tourna tout à coup vers le
chevalier en disant — qu'il avait réfléchi

à ce que venait de dire Monsieur, et qu'en définitive il était entièrement de son avis.

Quelquefois Christy, le piqueur, fait aussi partie de la suite du chevalier; et celui-ci adopte aveuglément ses opinions en tout ce qui concerne l'histoire locale; car il se considère comme la chronique vivante de ses domaines. En effet Christy a connu la plupart des arbres depuis le moment où ils sont sortis du sein de la terre. J'ai déjà dit que le vieux Nembrod a une haute opinion de ses connaissances sur certaines matières, ce qui le rend parfois un peu tranchant; mais le chevalier le contrarie rarement; et, dans le fait, de tous les potentats qui jamais se sont laissés gouverner par leurs ministres, c'est le plus soumis et le plus docile.

Lui-même plaisante volontiers sur sa facilité; et s'il témoigne une si grande déférence pour les avis de ces bonnes gens, il est évident que c'est par bonté d'âme plutôt que par faiblesse; mais il aime l'honnête liberté du vieux temps, et sait fort bien que ses dignes serviteurs

l'áiment et le révèrent sincèrement. Il
n'est ni hautain, ni exigeant envers ses
inférieurs ; et rien ne semble lui déplaire
comme une servile et basse flatterie.

Lorsque le chevalier, entouré de ses
fidèles serviteurs, et suivi d'une meute
de chiens, en guise de gardes-du-corps,
parcourt ses champs paternels et ses parcs
héréditaires, son cortége est digne
d'un prince. Il aime à voir ses ténanciers
conserver avec lui des manières franches
et aisées ; il est l'ami de tous ses fermiers,
il s'informe de leurs besoins, et dans les
temps difficiles il soulage leur misère.
Aussi, il est le plus aimé et par consé-
quent le plus heureux des propriétaires.

Je ne connais pas de condition plus
digne d'envie que celle d'un bon gentilhomme anglais, qui vit à la campagne
dans les domaines qu'il a hérités de ses
pères. En même temps qu'il est à l'abri
du fracas et des fâcheux de la capitale,
il peut à chaque instant, grâce au bon
état des routes, à la rapidité des commu-
nications et à la multiplicité des voitures

publiques, s'en procurer tous les agré-
mens, toutes les commodités, toutes les
nouvelles. Ses terres lui fournissent sans
cesse de nouveaux sujets d'occupations
et de plaisirs ; il peut partager agréable-
ment ses loisirs entre les travaux champêtres, l'étude, la chasse, et la conversation d'un petit nombre d'amis, réunis
dans son château hospitalier.

Si ses projets sont plus vastes, ses vues
plus libérales, il a mille moyens de faire
le bien et d'en recueillir lui-même les
heureux fruits. En assurant l'exécution
des lois, en dirigeant les opinions et les
principes de ses inférieurs, en répandant
parmi eux les lumières convenables à
leur condition, en vivant familièrement
avec eux afin de gagner leur confiance,
de devenir le dépositaire de leurs plaintes,
de connaître leurs besoins et de se rendre
le canal par lequel leurs doléances par-
viendront sans bruit aux sources fécondes
d'où découlent les grâces et les faveurs ;
en se montrant s'il le faut l'intrépide
gardien de leurs libertés, le défenseur

incorruptible de leurs droits, il peut rendre à son pays d'éminens services.

Et pour cela il n'est pas nécessaire qu'il
s'abaisse à des manœuvres avilissantes
pour gagner la faveur populaire, qu'il
éprouve les préventions du vulgaire ou se
rende l'écho de ses vaines clameurs ; avec
de la droiture, une conduite franche et
loyale, des conseils toujours dictés par la
sincérité et la bonne foi, il est sûr de
réussir.

Quoi que l'on puisse dire de la populace
et des radicaux anglais, je ne connais
point de nation plus accessible à la voix
de la raison, plus modérée dans sa conduite, plus capable de se laisser diriger
par de solides raisonnemens, même dan
les temps de troubles. Les Anglais ont
une sagacité remarquable pour distinguer
et apprécier ce qui est noble et grand.
Réglés et méthodiques, par habitude autant que par nature, ils connaissent les
avantages de l'ordre et de la stabilité. On
peut quelquefois les égarer par des so-
phismes, ou les porter à la sédition par

une misère factice et des déclamations séditieuses, mais qu'on leur ouvre les yeux, et soudain ils se rallieront sous les étendards de la vérité et du bon sens. Ils sont attachés à leurs anciens usages, ils aiment les noms depuis long-temps illustres; et cette antipathie pour les changemens, cet amour de l'ordre qui caractérisent la nation, assurent aux descendans des vieilles familles, dont les ancêtres ont été propriétaires du sol depuis un temps immémorial, des moyens d'influence incalculables.

Mais lorsque les hommes éminens par leur dignité, leurs priviléges, leurs richesses et leurs lumières, négligent leurs devoirs ; lorsqu'ils dédaignent d'étudier les intérêts du peuple, de gagner sa confiance, d'éclairer ses opinions et de défendre ses droits ; c'est alors qu'il devient inquiet et agité, c'est alors qu'il tombe sous l'influence des démagogues ; à défaut de véritables patriotes, les démagogues sont toujours là pour prendre leur place. Une phrase banale, que se trans-

2*

mettent par tradition les hommes éminens par leur naissance et qui croyent
aussi l'être par leurs lumières, c'est qu'il
faut dompter la populace ; mais un mé-
decin expérimenté sait fort bien qu'au
lieu de percer la tumeur, il vaut mieux
purifier la masse du sang, et que les émol-
liens sont préférables aux cautères. Dans
une contrée telle que l'Angleterre, dans
une contrée aussi libre et aussi jalouse de
ses droits, il est absurde d'affecter le ton
aristocratique, et de parler avec mépris
du bas peuple. Il n'est point de dignité
assez dominante pour élever un Anglais
au-dessus des opinions et des affections de
ses concitoyens ; il n'est point de distinc-
tion de rang ou de naissance qui puisse
séparer ses intérêts de ceux des autres
sujets ; et si d'un côté la hauteur et la
vanité toujours croissantes, de l'autre le
mécontentement et la jalousie venaient à
éloigner les différens ordres de la société,
que ceux qui occupent le faîte contemplent le précipice qui s'ouvriraient à leurs
pieds. Dans un état bien constitué, tous

les ordres s'enchaînent réciproquement, et sont nécessaires l'un à l'autre ; dans un gouvernement libre surtout, il ne peut exister de vide ; et si, en s'éloignant du pauvre, l'homme riche et puissant laisse une place vacante, les ennemis du repos public se précipitent pour la remplir, et rendent le mal incurable.

Né et élevé dans une république, chaque jour d'expérience et d'observation m'a confirmé de plus en plus dans mes principes républicains ; cependant je ne suis point aveugle au point de méconnaître les avantages inhérens à d'autres formes de gouvernement ; je conviens même qu'elles peuvent convenir davantage au climat et à la position géographique des contrées qui les ont adoptées ; je les considère uniquement en elles-mêmes, en m'efforçant de découvrir comment on les a modifiés pour atteindre au but qu'on se propose. Ainsi, en réfléchissant sur la nature du gouvernement mixte, adopté dans ce pays, et sur sa forme représentative, j'ai admiré avec quelle sagesse les richesses, l'influence et les lumières sont répandues dans toutes ses parties, tandis que, dans certaines monarchies, au contraire, elles sont le partage exclusif des grandes villes, au détriment des campagnes. Les grands établissemens ruraux de la noblesse, les terres moins considérables de la bourgeoisie, me semblaient autant de sources de richesses et de lumières distribuées dans le royaume pour rafraîchir, arroser et fertiliser les campagnes; j'y voyais encore l'asile des patriotes et des hommes d'état, qui, au sein d'une honorable indépendance et d'utiles loisirs, y forment leur esprit et se préparent à paraître dans ces grandes assemblées législatives, dont les débats et les décisions embrassent les intérêts du monde entier, et deviennent les précédens et la règle de toutes les nations. J'ai donc éprouvé une surprise mêlée de regrets, lorsque je me suis aperçu que mes idées à ce sujet n'étaient que des rêves, une vaine utopie, et non un jugement appuyé sur des faits. J'ai vu

avec douleur que souvent ces belles
terres, sequestrées ou grevées d'hypothè-
ques, sont entre les mains des créanciers ;
tandis que le propriétaire est exilé du toit
paternel. Une sorte de vertige, m'a-t-on
dit, semble l'apanage de la richesse. Une
folle prodigalité parmi les grands, une
aveugle manie de s'élever au-dessus de
son rang, un luxe effréné, une vaine
profusion dans toutes les classes élevées,
finissent par absorber ces immenses propriétés même, et, brisant l'orgueil et les
principes du propriétaire, le transfor-
ment en un vil parasite, obligé de fuir
sans cesse pour se soustraire à ses créanciers. C'est ainsi que la plupart se trou-
vent à la merci du gouvernement; et
souvent une cour qui devrait être la plus
pure et la plus honorable de l'Europe,
est dégradée par d'illustres courtisans de-
venus de lâches esclaves du pouvoir,
tandis quexilés de leur terre natale,
d'autres vont chez les nations voisines
remplir les auberges et les hôtels, et pro-
diguer, à des étrangers ingrats, les tré-

sors péniblement amassés par de laborieux tenanciers. Ces derniers, je l'avoue,
m'inspirent moins d'indignation que de
pitié. Je sais qu'un Anglais porte jusqu'à
l'idolâtrie son attachement à son pays
natal, et je me représente sa douleur et
ses regrets, lorsqu'au milieu des plaines
desséchées de la France, il se rappelle
les prairies verdoyantes de l'Angleterre,
les bosquets héréditaires qu'il a abandonnés, et la maison paternelle qu'il a
laissée déserte ou occupée par des étrangers; mais qu'il soit malaisé et obligé de
retrancher ses dépenses, cela n'excuse
pas sa fuite loin de son pays. La prospérité de sa patrie l'a élevé, qu'il partage
ses revers et se conforme à sa mauvaise
fortune. Est-ce au riche de fuir lorsque
son pays souffre? qu'il supporte suivant sa
richesse les charges communes, c'est une
dette envers la contrée à qui il doit son
élévation et ses honneurs. Lorsque le pauvre est obligé de réduire son chétif mor-
ceau de pain, et de transiger avec les besoins de la nature, lorsqu'il est forcé de

calculer ce qu'il peut retrancher de sa
nourriture, sans s'exposer à mourir de
faim, est-il permis au riche de fuir et
de diminuer les ressources du malheureux pour aller dans une contrée plus
favorisée de l'abondance vivre dans la
splendeur? Qu'il se retire dans ses terres
pour vivre avec économie, qu'il re-
vienne à cette heureuse simplicité, à cet
esprit d'ordre et de conduite, à ce noble
orgueil qui caractérise un véritable Anglais, et bientôt il aura relevé l'édifice
de sa fortune, et atteint à une honorable prospérité.

Les habitudes, le genre de vie de la
noblesse et de la bourgeoisie anglaises
qui habitent la campagne; leur exacti-
tude ou leur négligence à remplir leurs
devoirs dans leurs propriétés patrimo-
niales, décident en grande partie des
mœurs et de la prospérité de la nation.
Tandis qu'ils vivront au sein du calme et
de la tranquillité de la campagne, au
milieu des monumens de leurs ancêtres,
sans cesse entourés d'objets propres à

inspirer un noble orgueil, une honorable
émulation, des sentimens purs et généreux, leur honneur est en sûreté, et la
nation peut confier en leurs mains ses
intérêts et sa gloire. Mais aussitôt qu'as-
sidus courtisans du pouvoir, ils remplissent les antichambres de la cour; aussitôt
qu'ils se livrent aux intrigues, à la dissipation, à l'égoïsme de la capitale, de
ce moment ils dégradent leur caractère
et ne sont plus que les sangsues de leur
patrie.

Je crois fermement qu'en Angleterre
la noblesse et la haute bourgeoisie sont
généralement animées des plus nobles
sentimens d'honneur et d'indépendance.
Elles en ont récemment fourni des preu-
ves dans des circonstances importantes,
et en s'attachant au maintien des principes plutôt qu'à l'esprit de parti et aux
intrigues, elles ont donné un bel exemple
qui, sans doute, a excité l'étonnement
des cours serviles et vénales de plusieurs
états de l'Europe. Tels sont les glorieux
effets de la liberté, lorsqu'elle résulte

d'une bonne constitution. Cependant ces deux ordres oublient quelquefois, à ce qu'il me semble, la véritable nature de leurs devoirs ; et se persuadent volontiers que leurs priviléges ne sont qu'un moyen de satisfaire leurs passions. Mais qu'ils se rappellent que, d'après la constitution de l'Angleterre, les premiers ordres de l'état sont destinés à en être à la fois l'ornement et l'appui ; et ce n'est que par la vertu qu'ils peuvent remplir cette double destination. Leurs devoirs se partagent entre le souverain et les sujets ; en même temps que, rangés autour du trône, ils en rehaussent la dignité et la splendeur, ils en adoucissent l'éclat, et, tempérant la vivacité de ses rayons, ils ne réfléchissent sur le peuple qu'une chaleur douce et vivifiante. Nés pour passer leur vie dans le repos et l'opulence, ils doivent à leur pays natal l'emploi de leurs talens et de leurs richesses, semblables aux nuées, qui, créées par le soleil et amassées dans les cieux, embellissent et réfléchissent l'éclat de ses

rayons , et , répandant en une pluie féconde les trésors dont ils sont chargés ,
les rendent à la terre d'où ils tirent leur
substance.

CONFESSION D'UN CÉLIBATAIRE.

« Je coulerai mes jours pensif et solitaire. »

Le charbonnier de Croydon.

Il y a deux ou trois jours j'étais assis dans ma chambre un matin, occupé à lire, lorsqu'on frappa doucement à ma porte, et monsieur Simon entra : je remarquai en lui une fraîcheur extraordinaire ; il était vêtu d'une élégante veste de chasse en drap vert ; on voyait à sa boutonnière un bouquet de violettes ; enfin il avait tout-à-fait l'air d'un vieux garçon qui cherche à se rajeunir. Cependant cette vivacité et cet enjouement qui lui sont naturels semblaient l'avoir abandonné ; il se promenait dans la cham-

bre d'un air distrait en fredonnant la
vieille ballade :

Va, pars, rose nouvelle;
Va dire à la cruelle
Qui cause mon tourment...

Puis, s'accoudant sur la fenêtre et portant ses regards au loin vers la campagne,
il poussa un profond soupir. Comme je
ne suis point habitué à voir monsieur
Simon sérieux et rêveur, je pensai qu'il
était absorbé par quelque souvenir dés-
agréable, et je fis tous mes efforts pour
mettre la conversation sur un ton moins
grave; mais il était peu disposé à la gaieté,
et finit par me proposer un tour de promenade. La matinée était magnifique;
nous éprouvions cette douce chaleur du
printemps qui semble fondre les glaces
de l'âge, et mettre le sang en fermenta-
tion. Les poissons même ressentaient son
heureuse influence; la truite craintive
s'aventurait hors de sa sombre retraite,
et cherchait son amant; le rouget et la
vandoise, attirés par les rayons du soleil,

folâtraient à la surface de l'eau ; et la
grenouille amoureuse avançait sa tête à
travers les joncs. Si jamais l'huître elle-
même est accessible aux feux de l'a-
mour, ainsi qu'on l'a répété en vers et en
prose, sans doute c'est par une belle
matinée telle que celle-ci.

Certes, l'influence de la saison agissait
aussi sur monsieur Simon ; car il était
décidément absorbé dans sa rêverie. Au
lieu de marcher, suivant la coutume, à
pas précipités en faisant claquer son fouet,
au lieu de siffler quelque chanson joyeuse
ou de raconter des anecdotes de chasse,
il s'appuyait sur mon bras, et me parlait
du mariage qu'on allait bientôt célébrer ;
puis il fit de longues digressions sur le
caractère des femmes, dit un mot en
passant de la tendresse, et finit par quelques observations fort justes, quoique un
peu triviales, sur les traverses en amour.
Je devinai sur-le-champ qu'il désirait me
faire confidence de quelque pensée qui
l'occupait tout entier, mais qu'au moment où l'aveu était sur le point de lui

échapper, une certaine honte l'arrêtait au passage. J'étais assez curieux de savoir à quoi aboutirait ce préambule ; mais j'étais déterminé à ne le point mettre sur la voie. J'eus même la malice de chercher à détourner la conversation, et je la ramenai sur les chiens, les chevaux et la chasse, qui sont ordinairement ses sujets favoris ; mais cette fois ses réponses étaient toujours très-brèves ; et, de manière ou d'autre, il retombait toujours dans le genre sentimental.

Enfin nous parvînmes à un bouquet d'arbres qui ombrageait un banc rustique et au pied duquel coulait un petit ruisseau. Les arbres étaient surchargés de chiffres et de devises, qui, se développant avec l'écorce, avaient acquis d'étranges dimensions ; il semblait que depuis un temps immémorial ce bosquet avait été la chronique des amours de famille. Là monsieur Simon fit une pause, puis, arrachant une touffe de fleurs, il les effeuilla l'une après l'autre sur le ruisseau, et, se tournant assez brusquement vers moi, il

me demanda si jamais j'avais été amoureux. Cette question m'embarrassa, je
l'avoue; je me soucie fort peu de faire la
confession de mes folies amoureuses, et,
dans tous les cas, ce n'est pas mon ami
monsieur Simon que je choisirais pour
confident. Quoi qu'il en soit, il n'attendit
pas ma réponse ; sa demande était sim-
plement un préliminaire pour en venir à
un aveu, et, après bien des circonlocu-
tions et des préambules assez étranges, il
déchargea son cœur en me racontant les
traverses qu'il avait essuyées dans ses
amours.

Le lecteur croit sans doute qu'il s'agit
de la sémillante veuve qui lui a joué un
si vilain tour aux dernières courses de
Doncaster ; mais il se trompe : monsieur
Simon m'entretint d'une véritable passion sentimentale, que jadis il avait éprou-
vée pour une jeune et belle demoiselle
qui faisait des vers et pinçait la harpe. Il
lui avait souvent donné des sérénades, et
à ce sujet il me décrivit plusieurs scènes
tendres et galantes où il se représentait

lui-même sous les traits d'un beau héros
de roman; malheureusement je ne pouvais me prêter à l'illusion, et je le voyais
toujours tel que je l'avais sous les yeux,
c'est-à-dire un vieux célibataire, petit
égrillard, dont la face ridée ressemblait
à une pomme qui a séché dans l'arbre.

Il me serait impossible de rapporter
aujourd'hui toutes les particularités de
cette histoire, car je l'ai déjà oubliée;
s'il faut avouer la vérité, en l'écoutant je
me sentais aussi dur qu'un rocher, et je
pouvais à peine garder mon sérieux lorsque je voyais monsieur Simon prendre le
ton langoureux, pousser de profonds
soupirs, et affecter un air mélancolique
et sentimental.

Tout ce dont je me souviens, c'est que
sa belle, à en juger du moins par ce qu'il
m'a dit, se laissa toucher par ses attentions, car elle acceptait la musique de
harpe et les patrons de broderie qu'il co-
piait pour elle, et, après lui avoir adressé
long-temps les soins les plus tendres et
les plus délicats, il commençait à se flat-

ter d'avoir allumé dans son cœur une douce flamme, lorsque tout à coup il apprit qu'elle épousait un riche baronnet, chasseur brutal, sans délicatesse et sans talens, qui avait emporté son cœur d'assaut après un siége de quinze jours. En terminant, M. Simon ne put s'empêcher de faire quelques réflexions sur le *mérite modeste* et sur le faible du beau sexe pour les richesses, et il me fit voir, comme des souvenirs de sa passion, un cœur gravé sur l'écorce d'un arbre, mais qui, avec les années, était devenu une large excroissance, et une boucle des cheveux de sa belle tressés en lacs d'amour, et qu'il portait enchâssée dans une grande épinglette en or.

Je ne connais point de vieux garçon qui n'ait parfois des accès de mélancolie, et alors il devient tendre et langoureux; il aime à s'entretenir des passions du cœur, et se montre toujours disposé à faire quelque aveu sentimental. Quel est l'homme qui, dans le cours de sa vie, ne s'est pas trouvé dans quelque position romanesque qu'il se rappelle toujours avec plaisir et qu'il aime à raconter longuement? Son imagination le reporte au temps où il était jeune, vif et léger, et il oublie que ses auditeurs ne peuvent se représenter le héros du roman que tel qu'il paraît à leurs yeux au moment de la narration, lorsque peut-être ce n'est plus qu'un petit vieillard fantasque, à face ridée, à jambes de fuseau. Chez les hommes mariés cette humeur est plus rare; le mariage, je ne sais pourquoi, éteint les amours romanesques; chez un vieux garçon, au contraire, elles sommeillent parfois, mais elles ne meurent jamais. A chaque instant elles peuvent briller encore d'un éclat passager, et surtout à la campagne, par une belle matinée de printemps, ou pendant une soirée d'hiver, lorsque retiré dans sa chambre solitaire il tisonne en parlant de mariage.

Aussitôt que M. Simon m'eut fait sa confession, ou, pour me servir de l'expression technique, *eut déchargé son cœur*, il redevint lui-même. Il s'était débarrassé

des souvenirs qui l'obsédaient, et se considérait sans doute comme établi dans
mon esprit avec la réputation d'un homme
sensible. Nous n'avions pas achevé notre
promenade du matin que déjà il chantait comme une cigale, sifflait ses chiens,
et racontait mille anecdotes plaisantes ;
je me rappelle qu'au dîner il plaisanta
plus gaiement que jamais sur le mariage,
il débita d'excellentes facéties qu'on cher-
cherait en vain dans Joe Miller, et que
la jeune fiancée ne put entendre sans rou-
gir et baisser les yeux, mais qui exci-
tèrent la gaieté des vieux gentilhommes
du haut de la table, et firent pleurer le
gros général à force de rire.

SÉRIEUX D'UN ANGLAIS.

« La joyeuse Angleterre. »
Vieux dicton.

RIEN n'est plus rare que de voir un
homme enfourcher librement son dada,
sans éprouver de contrariétés continuelles.
Je m'étais persuadé que le chevalier pouvait suivre tranquillement ses fantaises et
son humeur ; mais je m'aperçois qu'il est
souvent contrarié, et il a souffert, depuis peu, une espèce de persécution
obligeante de la part de M. Faddy,
vieux propriétaire d'importance, au moins
quant à la bourse, et qui s'est établi récemment dans le voisinage. C'est un digne
et solide manufacturier qui, après avoir
amassé une fortune considérable, à force

de faire mouvoir des machines à vapeur
et des filatures, s'est retiré des affaires,
et vit en gentilhomme campagnard. Il a
acheté un vieux manoir qu'il a fait répa-
rer et plâtrer de tous les côtés, de sorte
qu'aujourd'hui il ressemble assez à sa
manufacture. Il a pris soin surtout de
mettre en bon état les haies et les murs
de clôture, et de placer tout autour de
sa demeure des piéges et des chausse-
trapes. Dans le fait, il est très - jaloux
de ses droits ; il a barré un petit sentier
qui traversait l'un de ses champs, et a
fait afficher, en gros caractères, que qui-
conque passerait sur son terrain serait
poursuivi suivant la rigueur des lois. En
s'établissant à la campagne, il a conservé
les habitudes de la ville et les manières
empressées des gens d'affaires ; c'est un
de ces hommes sensibles, grands faiseurs de projets, fâcheux bavards, vieil-
lards insupportables, qui se tourmentent
et s'agitent sans cesse, et assomment tout
le monde de leurs admirables inventions
pour le bien public.

On voit qu'il recherche l'amitié du chevalier, et de temps à autre il lui rend visite, afin de lui communiquer quelque nouveau projet destiné à produire de grands avantages pour le canton, mais qui malheureusement est tout-à-fait en opposition avec les idées et les principes du chevalier, et cependant c'est un sujet trop délicat pour que celui-ci ose combattre ouvertement la proposition. M. Faddy l'a étrangement tourmenté en faisant mettre à exécution les lois contre les vagabonds, en persécutant les Bohémiens, et employant tous ses efforts pour supprimer les réunions champêtres et les divertissemens du dimanche, qu'il qualifie d'abus intolérables et de cause première du plus grand des péchés mortels, la paresse.

Dans tout cela, il est facile de reconnaître le désir de déployer une importance récemment acquise ; le marchand s'érige peu à peu en aristocrate, et devient très-sévère pour tout ce qui ne sent pas l'homme comme il faut. Il affecte de mépriser le bas peuple , il parle avec ostentation de son père , de ses terres , de la nécessité d'exécuter rigoureusement les lois sur la chasse , et trouve moyen de ramener souvent cette phrase : *les gens comme il faut du canton.*

L'autre jour il vint au château , l'air très-affairé , voulant , disait-il , avoir une conférence avec le chevalier , afin d'aviser au moyen d'empêcher les villageois de faire leurs farces le prochain jour de mai. Ces fêtes champêtres , dit-il , attirent tous les fainéans du voisinage , qui passant la journée à boire , à danser et à se divertir , au lieu de rester chez eux à travailler pour nourrir leur famille.

Malheureusement, comme c'est le chevalier qui dirige tous les divertissemens du jour de mai , l'on doit bien penser que les conseils de M. Faddy furent reçus d'assez mauvaise grâce. Le vieux gentilhomme est trop poli , il est vrai , pour témoigner de l'humeur à un étranger qu'il reçoit chez lui ; mais M. Faddy ne fut pas plus tôt sorti que le chevalier laissa

éclater son indignation de voir tous ses
projets poétiques rompus comme une
fragile toile d'araignée par ce gros bour-
don de marchand. Dans son empor-
tement, il déclama contre toute la race
des manufacturiers, qui, à ce que je
vois, troublent fort ses jouissances.
« Monsieur, me dit-il d'un ton ému, le
cœur me saigne lorsque je vois le cours
de nos ruisseaux embarrassé par des filatures de coton ; nos vallées couvertes de
fumée par des machines à vapeur, et
tous nos plaisirs champêtres mis en dé-
route par le bruit assourdissant des mé-
tiers et des marteaux. Que deviendra la
vieille et joyeuse Angleterre lorsque ses
manoirs auront été métamorphosés en
manufactures, et ses vigoureux paysans
en faiseurs de bas et d'épingles ? J'ai cherché en vain le riant Sherwood et les verdoyantes retraites de Robin Hood; dans
toute la contrée l'on ne voit plus que des
villes manufacturières. Assis sur les ruines
du château de Dudley, j'ai promené mes
yeux autour de moi, et j'ai vu avec dou-

leur combien sont changés les manoirs
féodaux de cette belle et fertile contrée.
Monsieur, je ne voyais qu'un *campus phle-*
græ, une mer de feu, couverte de va-
peurs, des mines de charbon, des forges,
des fourneaux vomissant des torrens de
flamme et de fumée. Travaillant sans
cesse au milieu de ces exhalaisons mé-
phitiques, les ouvriers pâles et défaits
ressemblaient moins à des hommes qu'à
des démons; et en apercevant à travers
cette atmosphère épaisse les roues en
fer et les machines en mouvement, on
les eût prises pour les instrumens de tor-
ture de ce Pandémonium ; quel sera le
sort d'une contrée rongée au cœur par un
semblable ulcère? Ces manufacturiers,
Monsieur, corrompent nos mœurs rustiques ; ils altèrent le caractère national,
et ne laisseront pas le moindre sujet d'in-
spirations poétiques.

Le chevalier s'animait sur ce sujet, et
j'avais peine à retenir un sourire en écoutant ses étranges lamentations sur les
progrès de l'industrie nationale et de la

3*

civilisation. Au fond il voit avec douleur
se développer la manie du commerce ;
elle tend, suivant lui, à détruire le
charme de la vie. Toute méthode abrégée
de fabriquer les objets nécessaires à
l'homme lui semble une détestable inven-
tion inspirée par une sordide avarice, et,
à l'en croire, la vie ne sera bientôt plus
qu'une affaire de calcul dont les avantages
et les commodités seront déterminés
avec une précision mathématique, et
tout se fera par la vapeur.

Suivant lui, à mesure que la nation dirige son attention vers le commerce et
l'industrie, elle perd de son enjouement
et de sa gaieté. Dans le bon vieux temps,
lorsque l'Angleterre était moins adonnée
aux affaires, la petite île était aussi beaucoup plus gaie. Il invoque à l'appui de
son opinion ces fêtes et ces réjouissances
d'autrefois aussi multipliées que splendides, et la franche gaieté avec laquelle
s'y livraient toutes les classes du peuple.
Sa mémoire est remplie des descriptions
que nous a laissées Stow dans son *Tableau*

de Londres des divertissemens du dimanche dans les tavernes de la cour, des mas-
carades de Noël, des ballades et des feux
de joie que l'on voyait dans toutes les
rues. Alors, dit-il, pour les plaisirs et
l'urbanité de ses mœurs, Londres pouvait
entrer en parallèle avec les cités du continent. Dans les grandes solennités l'on
avait coutume de danser à la cour après
le dîner. Au couronnement de Ri-
chard II, par exemple, le roi, les prélats,
les nobles, les chevaliers et toute la cour
dansèrent après le repas dans la grande
salle de Westminster au son d'un orchestre
composé de ménestrels. La bourgeoisie
suivait l'exemple de la cour, et ainsi toute
la nation, depuis les classes les plus élevées jusqu'au bas peuple, était joyeuse et
dansante. Puis il cite la description don-
née par Stow des mœurs de la ville à
cette époque, description qui rappelle la
vive gaieté de la joyeuse cité de Paris; car
il raconte que le dimanche après la prière
du soir, les jeunes filles de Londres s'assemblaient devant la porte de leurs mai-

sons , sous les yeux de leurs parens, et
tandis que l'une d'elles jouait du tambou-
rin , les autres dansaient sous des guirlandes de fleurs dont les rues étaient or-
nées.

« Où verrez - vous aujourd'hui ces
groupes joyeux? s'écrie le chevalier en
secouant tristement la tête, cette richesse
de costumes adoptée jadis par toutes les
classes de la société et qui rendait l'aspect de nos rues fréquentées si riant et si
pittoresque? J'ai vu moi-même , dit Ger-
vaise Markham , un simple garçon de taverne en bas de soie , avec les jarretières
garnies de franges en or, un manteau
doublé de velours, et tout le reste du
costume semblable. Nashe , qui écrivait
en 1593, vante aussi l'élégance nationale, les Anglais, imitateurs empressés
des vaines superfluités et du luxe de
toutes les nations , qui, toujours dégui-
sés sous des vêtemens étrangers, semblent
des acteurs en grand costume prêts à
monter sur le théâtre. »

Telles sont les autorités sur lesquelles

se fonde le chevalier pour opposer à la
monotonie des mœurs actuelles l'enjouement et la gaieté qui, suivant lui, caracté-
risaient jadis la nation. « Autrefois, dit-il,
John Bull était un cavalier vif et léger,
portant l'épée au côté et le panache au
chapeau ; maintenant c'est un gros rêveur
en habit noir et en guêtres. »

Dans le fait il paraît que depuis l'époque si souvent rappelée par le chevalier,
et où cette petite île mérita son vieux
titre favori de *joyeuse Angleterre*, le caractère national a subi de grandes modi-
fications. On peut en chercher la cause
dans la misère du temps et dans la nécessité où se trouve le peuple d'employer
toute son activité pour s'assurer des
moyens d'existence ; cependant à l'époque où les plaisirs et la gaieté régnaient en
Angleterre, la masse du peuple vivait avec
moins d'aisance et de commodités qu'aujourd'hui. On doit plutôt attribuer le
changement qui s'est opéré dans nos
mœurs à cette soif ardente de richesses,
à ces habitudes de calcul que le com-

merce introduit partout, et plus encore
à l'activité des esprits, aux progrès de la
liberté dans les opinions et dans les in-
stitutions.

Un peuple libre est naturellement penseur et sérieux. Son imagination est sans
cesse occupée de sujets graves et impor-
tans. Il sait que ses intérêts, ses droits
et ses devoirs l'obligent à prendre part
aux affaires de l'état, à veiller au bien
public. L'application continuelle aux discussions politiques rend l'esprit sérieux
et les manières graves et composées.
Alors une nation perd de sa gaieté, mais
son intelligence se développe; elle devient
plus forte et plus active. Son imagination
est moins vive, mais ses conceptions
sont plus solides; il règne dans ses en-
treprises moins de goût et d'élégance,
mais plus de grandeur et de majesté; son
esprit gagne en profondeur ce qu'il perd
en légèreté; son enthousiasme est moins
démonstratif, mais plus durable.

Lorsqu'un gouvernement despotique
interdit aux hommes la faculté de réflé-

chir sur les sujets graves et élevés, lorsqu'il est dangereux de les discuter et même
d'y penser, c'est alors qu'on cherche dans
la dissipation et les plaisirs un sujet d'oc-
cupation moins périlleux. Les bagatelles
acquièrent de l'importance, et suffisent
pour occuper l'ardente avidité des esprits.
Un esclave est de tous les êtres le plus
insouciant et le moins réfléchi dans l'intervalle de ses travaux; il danse, il chante
et se divertit plus gaiement que qui que
ce soit; mais rendez-le à la liberté, don-
nez-lui des droits à protéger, des intérêts à défendre, il deviendra soudain
penseur, grave et laborieux.

Les Français sont plus gais que les Anglais; pourquoi? Un peu par nature peut-
être, mais surtout parce que, long-temps
soumis à des gouvernemens qui environ-
naient de périls et d'entraves le libre exercice de la pensée, ils ne trouvaient de
sécurité qu'en fermant les yeux et les oreilles aux affaires publiques, et se livraient
tout entiers aux plaisirs du moment. Depuis quelques années, ils ont pu donner

carrière à leur intelligence ; et depuis ce
temps aussi le caractère national a changé
essentiellement. Jamais les Français n'ont
connu une liberté comparable à celle dont
ils jouissent en ce moment ; et , compa-
rativement parlant, les Français sont aujourd'hui une nation grave.

LES BOHÉMIENS.

« Qu'est-ce que cela auprès de la véritable liberté ;
de celle des gueux, par exemple ? Rire, boire et
se divertir, aujourd'hui ici, et demain ailleurs,
après demain plus loin encore, si tel est leur
caprice, errant ainsi à volonté dans le canton et
même dans tout le royaume : c'est là vraiment
être libre ; les oiseaux du ciel le sont-ils davantage ? »

La Troupe joyeuse.

Depuis le jour où je rencontrai les
bohémiens dont j'ai parlé dans un chapitre précédent, j'en ai remarqué plusieurs, qui, malgré la défense positive
du chevalier, fréquentent les environs du
château. Ils appartiennent à une troupe
qui long-temps a séjourné dans le voisinage, au grand détriment des fermiers,

II.   4

dont le poulailler a souvent souffert de leurs expéditions nocturnes. Cependant le chevalier les protége jusqu'à un certain point, car il voit en eux une race d'hommes particulière, reste de ce bon vieux temps, qui, pour le dire en passant, abondait en francs vauriens.

Cette troupe ambulante est appelée du nom de son chef, braconnier fameux, *la bande de Tom Belle-Étoile.* J'ai souvent entendu citer les méfaits de ce *favori de la lune,* car c'est à lui qu'on attribue tous les larcins commis pendant la nuit, soit dans le parc ou dans la bergerie, soit dans la basse-cour de la ferme. Dans le fait, Tom Belle-Étoile justifie son nom, et, semblable à un renard qu'on suit le matin à la piste par le dégât qu'il a commis, il ne semble en sortir que pendant les ténèbres. Il me rappelle ce terrible personnage fameux dans les chansons des nourrices ;

Qui se glisse dans l'ombre ?
C'est Thommy le larron.
La nuit lorsqu'il fait sombre
Qui vole nos moutons ?

En un mot, Tom Belle-Étoile est le bouc émissaire du voisinage ; mais c'est un rusé matois, et jamais l'on ne peut le trouver en défaut. Plusieurs fois le garde-chasse et le vieux Christy ont monté la garde pendant la nuit dans l'espoir de le surprendre, et Christy, escorté de ses chiens, fait souvent la patrouille dans le parc, mais toujours en vain. On dit que le chevalier ferme les yeux sur ses fripponneries, et qu'il est très-indulgent pour ce vaurien, parce qu'il est fort habile à la chasse, grand tireur d'arc, et le meilleur danseur *moresque* de tout le canton.

Le chevalier permet d'ailleurs à la bande de séjourner tranquillement sur ses terres, à condition qu'elle ne s'approchera pas du château. Mais le jour de noces approche, et il en résulte au château une espèce de saturnale qui suspend toutes les règles ordinaires. Cet événement cause une grande sensation parmi les domestiques du sexe féminin. Les femmes de chambre ne rêvent que no-

ces et maris. C'est un temps de moisson
pour les bohémiens ; un sentier public
qui traverse le parc leur ouvre un libre
accès ; aussi on les y rencontre sans cesse
disant la bonne aventure aux jeunes servantes, et s'introduisant en cachette auprès des jeunes ladys.

Il me semble que l'étudiant trouve un
malin plaisir à leur donner en particulier
de petits avis, afin de mettre à l'envers,
par leurs miraculeuses prédictions, toutes
les têtes faibles du château. Certes, le
général fut stupéfait l'autre soir de ce
que lui dit la jeune bohémienne ; il se
montra sur ce sujet d'une discrétion admirable, et affecta même d'en parler
assez légèrement ; mais j'ai remarqué
que depuis ce moment il redouble d'attention pour lady Lilly Craft et pour ses
chiens.

J'ai vu aussi derrière un gros arbre de
l'avenue la jolie Phébé Wilkins, l'infor-
tunée nièce de la femme de charge, dont
les amours éprouvent mille traverses,

tenir une longue conférence avec une de
ces vieilles sibylles, en regardant souvent
autour d'elle pour voir si personne ne l'ob-
servait. Sans doute elle s'informait si sa
querelle amoureuse avec le jeune Argent-
Comptant n'aurait point un fâcheux résultat ; car si jamais on a consulté les
oracles, c'est sur les affaires d'amour. Je
crains cependant que cette fois la réponse n'ait pas été aussi favorable qu'à
l'ordinaire ; car j'ai aperçu la pauvre
Phébé rentrer au château toute pensive,
la tête penchée, et tenant à la main
son chapeau, dont les rubans traînaient
à terre.

Un autre jour, au moment où je dé-
tournais à l'angle de la terrasse, au bas
du jardin, tout auprès d'une grande urne
en granit, placée au milieu d'un petit
bouquet d'arbres, je rencontrai toute une
volée de jeunes ladys, accompagnées
encore par Phébé Wilkins. Je ne savais
à quoi attribuer leurs ricanemens, leur
rougeur et leur embarras, lorsque j'aperçus le manteau rouge d'une bohémienne

qui s'échappait à travers le taillis. Un
instant après, je vis M. Simon et l'étudiant se glisser le long des murs du
jardin en se faisant des signes d'intelligence et riant du succès de leur espiégle-
rie ; car c'étaient eux qui avaient amené
la bohémienne, après l'avoir instruite de
ce qu'elle avait à dire.

Après tout, et lors même que l'on est
convaincu de la fausseté des prédictions,
il est extrêmement divertissant d'interro-
ger ainsi l'avenir. C'est une chose étrange
que notre penchant à nous laisser séduire par ces prophètes menteurs, et le
vif intérêt que nous inspirent leurs oracles.
Quant à moi, je ne puis en vouloir à la
pauvre pythonisse ambulante qui cherche
à m'éblouir par de belles promesses et
de brillantes espérances. J'ai toujours fait
des châteaux en Espagne, et les illusions
dont mon imagination embellissait de
tristes réalités ont été la source de mes
plus grands plaisirs. Mais à mesure que
j'avance sur le chemin de la vie, je sens
qu'il est plus difficile de me séduire ainsi

par d'agréables chimères, et je rendrais
grâces au faux prophète qui saurait trans-
former en palais les nuages qui couvrent
l'avenir, et ces régions nébuleuses en
royaume des fées.

Le chevalier, qui, ainsi que je l'ai dit,
témoigne aux bohémiens une bienveillance particulière, a été cruellement
tourmenté à leur sujet. Ce n'est pas qu'ils
paient ses bienfaits d'ingratitude, certes
ils n'exercent aucune déprédation sur ses
terres, mais leurs vols, leurs larcins et
leurs maraudages excitent de violens mur-
mures dans le village. Pour moi, je con-
çois aisément le faible que laisse éclater
pour eux le vieux gentilhomme. Je par-
donne volontiers des habitudes errantes
et vagabondes. J'éprouve, je l'avoue, un
véritable plaisir à observer les mœurs des
bohémiens. Habitués à leur aspect depuis leur enfance, et souvent exposés à
souffrir de leurs déprédations, les Anglais
ne voient en eux que des êtres nuisibles;
mais quant à moi j'ai été vivement frappé
de leur originalité. J'aime à contempler

leur teint olivâtre, leurs beaux yeux noirs, leurs cheveux d'ébène, leurs traits allongés et mobiles ; j'aime à les entendre lorsque d'une voix argentine ils vous promettent monts et merveilles, et les richesses, et les honneurs, et les trésors du monde, et les faveurs des belles.

Leur genre de vie a quelque chose de romanesque qui plaît à l'imagination. Ce sont les véritables enfans de la nature ; en dépit des lois et de l'Evangile, des prisons communales et des magistrats de village, ils conservent leur indépendance primitive. Cet invincible attachement à leurs sauvages habitudes, cette passion pour la vie errante, transmise de génération en génération, et se conservant sans altération au sein de l'une des contrées du monde les mieux cultivées, les plus peuplées et les plus policées, présente un phénomène vraiment digne de remarque. Ils sont précisément l'opposé du peuple économe et affairé qui les entoure. Comme les Indiens en Amérique, ils semblent au-dessous ou au-dessus des besoins, des soucis ordinaires au genre humain, indifférent aux révolutions et à la chute des empires, aux variations dans le prix des blés et des fonds publics, ils ne recherchent ni le pouvoir, ni les honneurs, ni la richesse. Ils semblent se rire des pénibles travaux de la foule empressée qui s'agite autour d'eux, et mettre en pratique la philosophie de cette vieille ballade :

Vous pour qui le souverain bien
Est le plaisir et la paresse ;
Vous qui, méprisant la richesse,
Ne songez point au lendemain ;
Joyeux enfans de la nature,
Venez, venez, accourez tous ;
Venez, l'on ne craint parmi nous
Que les autans et la froidure.

Ils errent ainsi de comté en comté, tantôt s'établissant dans les villages et tantôt au milieu des campagnes habitées par de gros fermiers et de riches propriétaires. En général ils choisissent pour

dresser leurs tentes quelque endroit
agréable, soit à l'ombre des arbres dans
l'angle verdoyant d'une grande route,
soit à l'abri d'une haie au bord d'un terrain communal, ou bien encore sur la
lisière d'un bois touffu. On est certain
de les rencontrer se faufilant dans la
foule, aux foires, aux courses de chevaux et aux assemblées champêtres,
partout enfin où l'on trouve des divertissemens et des oisifs. Ce sont les oracles
des laitières et des filles de basse-cour,
et quelquefois ils ont l'honneur d'être
admis à lire dans la blanche main de la
fille d'un riche propriétaire lorsqu'elle
parcourt les terres de son père; ils sont
l'effroi des bonnes ménagères et des fermiers économes, et l'antipathie des juges
de village; mais leurs habitudes, comme
celles de tous les êtres errans, ont quelque chose de séduisant. Dans un temps
où l'on n'aime que le positif, eux seuls,
pour ainsi dire, nous rappellent la popu-
lation bigarrée de l'ancien temps, et leur
souvenir s'associe bizarrement dans mon

esprit avec les idées de fées et de sorcières, de Robin le Serviable, de Robin Hood et de tous les personnages fantastiques célébrés par les poëtes.

ANCIENS USAGES DU JOUR DE MAI.

« Qu'est devenu le temps, ou dans chaque village,
(Ah ! l'innocence alors régnait sur les mortels)
L'on élevait un *Mai* couronné de feuillage ?
Le temps où , par des jeux, des bouquets solennels,
L'on célébrait ce jour, suivant l'antique usage ?
Les jeunes villageois, se tenant par la main ;
Autour du *Mai* formaient une danse légère ;
Au milieu des hameaux coulaient des flots de bière,
Et le pauvre lui-même avait part au festin. »

Palinodie de Pasquil.

Le mois d'avril touche à sa fin, et nous avançons à grands pas vers le mois de mai, ce mois poétique que l'on considérait jadis comme la limite de l'hiver et du printemps. Cependant, malgré son humeur capricieuse, j'aime le mois d'avril ; j'aime ces jours tristes et rians à la fois, où la lumière et l'ombre semblent rouler alternativement sur le paysage comme de grosses vagues. J'aime à voir une ondée soudaine courir sur la prairie, et rendre à la nature une verdure et une fraîcheur nouvelles, tandis que les rayons brillans du soleil pénétrant à travers de légers nuages, donnent à chaque goutte de pluie l'éclat du diamant.

C'est par une matinée semblable qu'accompagné du chevalier je parcourais, il y a quelques jours, la partie la plus touffue du parc. Nous étions sur la lisière d'un bosquet magnifique, et il me racontait en détail la biographie de ses arbres favoris, lorsque au milieu d'un taillis épais nous entendîmes les coups d'une cognée Le chevalier s'arrêta un moment en laissant éclater son mécontentement par des signes non équivoques, puis il dirigea ses pas vers l'endroit d'où partait le bruit. À mesure que nous approchions, les coups devenaient plus distincts, et il était évident qu'un bras vigoureux maniait la co-

gnée. Le chevalier pressa le pas, mais
en vain ; un craquement prolongé suivi
d'un bruit sourd annonça que le crime
était consommé, et qu'un enfant de la
forêt avait succombé. En arrivant sur
les lieux nous aperçûmes M. Simon et
quelques bûcherons debout autour d'un
arbre d'une hauteur et d'une beauté remarquables , et qu'on venait d'abattre à
l'instant.

Le chevalier est naturellement doux
et paisible, cependant; à cet aspect, il
perdit patience: l'on eût dit un monarque
qui voyait massacrer sous ses yeux un
de ses plus fidèles sujets. Le reproche
tombait sur M. Simon, qui, précisément
parce que ce bel arbre était droit et élevé ,
l'avait choisi pour faire un *mai*, celui
qui existait au milieu du boulingrin,
dans le village, n'étant plus en état de
servir. Si quelque chose avait pu adoucir
la douleur de mon digne hôte, certes
c'eût été l'idée que cet arbre avait succombé pour une si belle cause, et je
vis que son cœur combattu se partageait

entre l'affection pour ses arbres et le
respect pour le jour de *mai*. Néanmoins,
il ne put contempler cet arbre renversé
sans laisser échapper quelque regrets et
sans faire son oraison funèbre, comme
Marc-Antoine sur le corps de César;
puis il défendit d'abattre à l'avenir aucun arbre sur ses terres sans un ordre
exprès de sa part, voulant, dit-il, se réserver exclusivement le droit de vie et
de mort.

Ce mot de *mai* excita mon attention,
et je demandai si les anciens usages qui
s'y rattachaient autrefois s'observaient encore dans le canton. Le chevalier branla
tristement la tête, et je m'aperçus que
j'avais touché une corde sensible ; car il
prit un ton tout-à-fait mélancolique pour
déplorer la décadence absolue du jour
de *mai*. Cependant, on observe réguliè-
rement cette solennité dans le prochain
village, mais on doit sa résurrection uniquement aux soins du chevalier, qui la
maintient à grands frais dans un état d'existence précaire. Il éprouve des contra--

riétés continuelles, et ce n'est qu'à force
de patience qu'il apprend à ses grossiers
villageois à jouer passablement leurs
rôles. Chaque année il réussit à trouver
une *reine du mai;* mais quant à Robin
Hood, frère Tuck, le Dragon, le Dada et
tout le reste de la troupe bigarrée, dont
la mascarade égayait ce grand jour, il n'a
même pas essayé de les faire revivre.

Cependant, quelque imparfaite que soit
l'image de l'ancien jour de mai que l'on
nous annonce en ce moment, je l'attends
avec impatience, et je sens que la bizarre
mais innocente manie de mon digne hôte,
qui aime à s'entourer de souvenirs agréables et crée autour de lui une espèce de
petit monde poétique, me charme de plus
en plus. Élevé dans une contrée nouvelle,
j'attache trop d'importance peut-être aux
faibles vestiges des anciennes coutumes
que le hasard me fait rencontrer, et l'intérêt qu'elles m'inspirent peut exciter le
sourire des hommes insoucians qui, par
leur négligence, les laissent s'effacer.
Mais si des hommes blasés par l'habi-

tude les contemplent avec indifférence,
j'avoue que pour moi leurs dernières traces
répandent sur la vie champêtre un charme
inexprimable, un intérêt que rien ne
pourra remplacer.

Je n'oublierai jamais avec quelles dé-
lices j'aperçus un *mai* pour la première
fois. C'était sur les bords de la Dee, tout
auprès du vieux pont dont les arches s'é-
tendent sur la rivière d'une manière si
pittoresque, à l'entrée de la jolie petite
ville de Chester. Déjà les antiquités de
cette cité respectable, dont l'étude est
aussi instructive qu'un vieux manuscrit
en caractères gothiques, ou les minia-
tures d'un Froissart, m'avaient transporté
dans les siècles passés. Un *mai* sur les
bords d'un ruisseau poétique compléta
l'illusion. Mon imagination l'ornait de
guirlandes de fleurs, et peuplait les rives
de joyeux danseurs *du jour de mai.* La
vue seul de ce *mai* rendit à mes sensations
une vivacité nouvelle, et répandit sur la
contrée, pour tout le reste du jour, un
charme inusité, et lorsqu'en traversant la

4*

belle plaine de Cheshire et les magnifiques marchés du pays de Galles j'aperçus au fond d'une longue vallée verdoyante *la Deva qui, par mille détours*, errait au pied de collines fertiles, mon imagination transforma la contrée en une véritable Arcadie.

Je ne sais si cette disposition que j'éprouve est le résultat des idées poétiques dont on a rempli mon esprit dès ma plus tendre enfance, ou si, dans cette saison de l'année, les sensations renaissent pour ainsi dire, et se développent avec une vigueur nouvelle ainsi que toute la nature ; mais il est certain qu'en quelque lieu que je me trouve, mon âme, au retour du mois de mai, se dilate et s'anime d'une manière délicieuse. On dit qu'alors on voit les oiseaux inquiets s'agiter dans leur cage, comme si, devinant par instinct le retour du printemps et la vive gaieté qui règne dan les bocages, ils étaient impatiens de briser leurs chaînes et de prendre part à la joie de la nature. C'est ainsi qu'au sein même de la métropole, lorsque les fenêtres hermétiquement fermées pendant tout l'hiver s'ouvrent de nouveau au souffle embaumé du mois de mai, lorsque les parfums de la campagne pénètrent jusque dans la ville, et que les marchés se remplissent de fleurs, je me sens ému et ranimé : il me semble que ces trésors des parterres étalés à mes regards dans toutes les rues m'invitent, au nom de la nature, à sortir de ma retraite pour admirer les béautés virginales du printemps avant que les chaleurs brûlantes de l'été ternissent leur fraîcheur.

Quel brillant spectacle devait offrir jadis la vieille et joyeuse cité de Londres, lorsqu'on voyait toutes les portes décorées de fleurs et de feuillage, et les chapeaux ornés de bouquets d'aubépine, lorsque *Robin Hood, frère Tuck, la fille Marianne, les danseurs moresques*, et toute la bizarre mascarade exécutaient leurs danses grotesques autour des *mais*, plantés dans tous les carrefours !

Je suis loin d'être un superstitieux

admirateur du vieux temps et des vieilles
coutumes , uniquement à cause de leur
antiquité; mais tout en me réjouissant de
voir proscrire la plupart des usages bar-
bares et des divertissemens grossiers des
siècles passés , je ne puis me défendre de
quelque regret en voyant tomber en dé-
suétude ces réjouissances aussi gracieuses
qu'innocentes du jour de mai. Elles con-
venaient à cette contrée riante et fertile,
et semblaient destinées à modérer le
penchant excessif de ses habitans vers
une pesante gravité. Je fais grand cas de
toutes les coutumes qui tendent à propa-
ger parmi le peuple des idées et des sentimens poétiques qui adoucissent la rudesse des mœurs rustiques sans altérer
leur simplicité. Et n'est-ce pas à dater
du moment où ils ont perdu cette heureuse innocence que les habitans des
campagnes ont négligé les coutumes du
jour de mai? Les danses folâtres sur
le boulingrin, la pompe champêtre autour du *mai*, ont été abandonnées par
degrés à mesure que les paysans, dé-

sormais trop éclairés pour goûter les plaisirs simples, se sont habitués à des divertissemens plus recherchés et plus dispendieux.

Depuis quelques années, m'a dit le chevalier, quelques hommes distingués par leur goût et leur savoir s'efforcent de ramener le peuple à cette simplicité primitive de mœurs et de caractère; mais le moment est passé; leurs cœurs sont glacés par des habitudes de trafic et la soif du gain; la campagne copie servilement les manières et les plaisirs de la ville, et à peine entend-on parler aujourd'hui du jour de mai, si ce n'est lorsque quelque auteur renfermé dans les tristes muraille de la Cité déplore l'oubli où il est tombé, car,

« Hélas! hélas!
Le dada s'en est allé. »

LE MAITRE D'ÉCOLE.

« L'herbe ne croit point sur le rocher de Sisyphe,
la mousse ne s'attache point aux talons de Mer-
cure, et le beurre ne peut tenir sur le pain d'un
voyageur. Car de même que l'aigle qui perd une
de ses plumes chaque fois qu'il déploie ses ailes,
et devient chauve avant l'âge, le voyageur
laisse partout où il passe quelque portion de ses
dépouilles, et dès sa jeunesse, il est réduit à la
misère, en achetant une guinée ce qui ne vaut
pas un penny. »

Le Repentir. Euphues de Lilly.

PARMI les notables du village que M. Simon honore d'une confiance particulière,
il en est un qui m'a vivement frappé, et
que je crois digne d'un mention spéciale.
C'est Slingsby, le maître d'école, petit
homme vieux et maigre, toujours vêtu

d'un habit sale et usé, un peu indolent dans ses manières, et conservant malgré cela une physionomie joyeuse et satisfaite que l'on rencontre rarement parmi les gens de sa profession. Quelques détails que j'ai recueillis sur son compte m'intéressent en sa faveur.

Il est né dans le village, et dans son enfance il devint le condisciple et l'ami de Jeannot Argent-Comptant. Ils avaient même formé une espèce d'alliance offensive et défensive. Slingsby, d'une constitution faible et un peu poltron, avait beaucoup d'aptitude pour le travail, tandis que Jeannot, au contraire, était un valeureux champion hors de l'école, mais sur les bancs un fort mauvais écolier. Ainsi Slingsby faisait les devoirs de Jeannot ; Jeannot se battait pour Slingsby, et ils étaient inséparables. Cette amitié subsista même après leur sortie de l'école, et malgré la diversité de leurs professions ; Jeannot, afin de se préparer à cultiver le champ de ses pères, apprit à labourer et ensemenser les terres, tandis que son condisciple, se traînant lentement sur le chemin du savoir, pénétrait jusqu'aux confins du latin et des mathématiques.

Mais une circonstance fatale ayant fait tomber entre ses mains des relations de voyages par terre et par mer, il lui prit envie de courir le monde. Ce désir augmenta avec les années, et un beau matin, au soleil levant, il renferma dans un havresac tout ce qu'il possédait, mit le paquet sur son dos, puis, un bâton à la main, il s'achemina vers la ferme pour prendre congé en passant de son ancien condisciple. En ce moment Jeannot sortait avec sa charrue ; les deux amis se donnèrent une poignée de main sur le seuil de la porte ; Jeannot conduisit ses bœufs dans les champs, Slingsby, en sifflant l'air, *courant par monts et par vaux*, partit gaiement pour *chercher fortune.*

Les années s'écoulèrent, et l'on avait oublié le pauvre Tom, lorsqu'un dimanche soir, vers la fin de l'automne, un homme mince et déjà avancé en âge,

vêtu d'un habit percé au coude, avec de
vieilles guêtres de nankin, et portant dans
un mouchoir un petit paquet suspendu
au bout d'un bâton, parut dans le village,
se traînant à pas lents le long de la rue.
On le vit examiner avec attention certaines maisons, jeter un coup d'œil en
passant dans l'intérieur des appartemens
dont les fenêtres étaient ouvertes, et regarder fixement les villageois qui reve-
naient de l'église, puis s'arrêter assez
long-temps dans le cimetière à lire les
inscriptions gravées sur les pierres tom-
bales.

Enfin il dirigea ses pas vers la ferme
de Jeannot Argent-Comptant; mais avant
de porter la main sur le loquet, il ne put
s'empêcher de s'arrêter un moment pour
contempler le tableau de richesse et
d'abondance qui s'offrait à sa vue. Jeannot Argent-Comptant, heureux souverain de ce riche domaine, vêtu de ses
habits du dimanche, le chapeau sur la
tête, la pipe à la bouche, ayant devant
lui une pinte de bière, et à ses pieds un

gros chien de garde, était assis majestueusement sous le porche de la ferme.
Les chants variés de nombreuses volailles
se faisaient entendre dans la basse-cour,
les abeilles bourdonnaient dans le jardin
autour de leurs ruches, les troupeaux
bêlaient et mugissaient dans une riante
prairie, tandis que de larges monceaux
de paille et des granges bien remplies
attestaient l'abondance de la moisson.

L'étranger ouvrit la porte et entra
d'un pas tremblant. A l'aspect de cet in-
trus à mine suspecte, le mâtin commençait à gronder; mais son maître le fit
taire, et ôtant sa pipe de sa bouche, il
semblait curieux de savoir ce que lui
voulait ce personnage équivoque. L'é-
tranger considéra un moment la taille
imposante du vieux Jeannot, la richesse
et l'éclat de ses vêtemens, puis, comme
pour faire une triste comparaison, il re-
porta les yeux sur ses habits usés, son
ventre affamé, et le léger paquet qu'il
tenait à la main; enfin tirant un peu sur
sa veste pour la faire joindre la ceinture

trop courte de sa culotte , et jetant encore
vers le gros fermier un regard où perçait
d'une manière comique un mélange de
tristesse et d'enjouement : « Il me semble,
dit-il , que M. Tibbets a oublié ses jeunes
années et ses anciens camarades. »

Jeannot l'examina de la tête aux pieds
d'un œil étonné, et finit par avouer qu'il
ne se le remettait pas.

« Cela ne m'étonne point , dit l'étranger; tout le monde semble avoir oublié le
pauvre Slingsby ! »

— « Quoi, Slingsby ! mais non , cela
ne saurait être ! »

— « C'est cependant bien lui ! » répliqua
l'étranger en secouant la tête.

A ces mots, Jeannot Argent-Comptant
se leva brusquement, et frappant d'une
main sur le banc , tandis que de l'autre
il serrait vigoureusement son ancienne
connaissance. « Asseyez-vous là, s'écria-
t-il , Tom Slingsby. »

Ils entamèrent alors une longue conversation sur leur jeune temps ; tandi
que Slingsby se regalait de toutes les

friandises qu'un fermier pouvait offrir, car
il était au moins aussi tourmenté par la
faim que par la fatigue, et ressentait le
violent appétit d'un piéton. Les vieux camarades parlèrent ensuite de leurs aventures et des événemens remarquables
qui leur étaient arrivés dans la vie. Jeannot avait peu de chose à dire, et d'ailleurs,
il n'avait point le talent des longues nar-
rations. Une vie heureuse et tranquille,
passée tout entière sous le toit paternel, est
rarement féconde en incidens; les pauvres
diables qui long-temps ont été ballottés
par les vagues du monde, sont les véritables héros de l'histoire. Attaché à la
ferme paternelle, Jeannot avait conduit
la même charrue qu'avaient suivie ses
ancêtres, et voyait ses richesses s'accroître
avec les années. Quant à Tom Slingsby
il prouvait la vérité du vieux proverbe:
Pierre qui roule n'amasse pas de mousse.
Il avait cherché fortune en courant le
monde, mais en vain, car on la trouve à
la maison plutôt qu'au loin. Enfin, après
avoir appris une douzaine de professions,

et essayé de toutes les conditions imaginables, il revenait dans son village encore plus misérable qu'au moment où il l'avait quitté ; son havresac s'étant réduit à un léger paquet enveloppé dans un mouchoir.

Par un heureux hasard, le chevalier passa le soir même près de la ferme, et y entra, suivant sa coutume. Il trouva les deux anciens condiciples causant sous le porche, et, suivant la vieille ballade écossaise, vidant encore après un long voyage, la coupe de l'amitié. Le contraste qu'offraient leur extérieur et leur situation frappa vivement le chevalier. D'un côté, Jeannot Argent-Comptant, seigneur suzerain d'un vaste domaine, entouré de la richesse et de l'abondance, faisait sonner les guinées d'or suspendues à sa chaîne de montre ; tandis que Slingsby, pauvre pélerin maigre et fluet comme une belette, voyait à ses pieds tout ce qu'il possédait au monde, un petit paquet renfermé dans un mouchoir, son chapeau, et son bâton de voyage.

Le chevalier ne put contempler ce

malheureux cosmopolite sans être ému
de pitié, car il a un certain faible pour
les caractères aventureux , et déjà il songeait au moyen de fixer Slingsby dans
son village natal. En attendant, le digne
Jeannot lui avait déjà offert un asile dans
sa ferme , en dépit des signes de tête,
des coups d'œil et des remontrances in-
directes de l'économe dame Tibbets; mais
comment lui assurer des moyens d'existence pour l'avenir, c'était là précisément
la grande difficulté. Heureusement le chevalier se rappela qu'on avait besoin d'un
magister pour l'école du village. Une
conversation de quelques minutes avec
Slingsby suffit pour le convaincre qu'il
était propre à remplir cet emploi , et quelques jours après, il parut muni d'un plein
pouvoir et le sceptre à la main, dans
cette même école où souvent il avait été
fustigé dans son enfance.

Il y réside depuis plusieurs années , et
grâce à la protection bienveillante du chevalier et à la solide amitié de M. Tibbets,
il est devenu un homme d'importance très-

considérable dans le village. L'on assure
cependant que son naturel inquiet perce
quelquefois, et que souvent à l'approche
du printemps, il paraît enclin à courir le
monde afin de voir du pays ; car une
fois qu'on s'est laissé aller à cette humeur
vagabonde, il est difficile de la dompter
entièrement.

Depuis que l'on m'a raconté la vie du
pauvre Slingsby, le contraste frappant
qui existait entre les deux anciens con-
disciples, lors de leur première entrevue,
après une longue séparation, a été souvent le sujet de mes réflexions. Qui pourrait décider quel genre de vie est préfé-
rable ? chacun a ses traverses et ses
chagrins. L'homme qui n'a jamais quitté
la maison paternelle, déplore la monotonie de son existence et envie le sort du
voyageur, dont la carrière est un enchaî-
nement perpétuel de prodiges et d'aventures ; tandis que, ballotté sur l'océan du
monde, celui-ci porte en soupirant les
regards en arrière vers le rivage calme
et paisible qu'il a abandonné. Il me

semble cependant que l'homme qui,
tranquille dans sa demeure, jouit en
paix des plaisirs purs que chaque jour fait
naître autour de lui, a le plus de chances
pour être heureux. L'idée des voyages
séduit une jeune imagination; il y a quelque chose de magique dans cette phrase
banale répétée dans tous les contes des
nourrices, *aller au loin chercher fortune.*
Ce changement perpétuel de lieux et
d'objets permet à la curiosité une continuelle succession d'aventures et de merveilles. Mais nos plaisirs et nos jouissances
ont des bornes, et satisfaire toujours nos
désirs est le plus sûr moyen de n'en éprouver aucun. La curiosité sans cesse sti-
mulée finit par languir, la nouveauté
n'a plus d'attraits, et les miracles même
n'ont rien qui nous étonne. L'homme
qui, comme le pauvre Slingsby, s'est lancé
dans le monde rempli des plus douces
illusions, s'aperçoit bien vite combien
les objets changent d'aspect lorsque l'on
s'en approche. La plaine qui, de loin,
semblait riante et fertile, n'est plus qu'un

désert lorsqu'on la voit de près ; les mon-
tagnes agrestes et romantiques paraissent
nues et arides ; cette teinte magique qui
l'avait séduit fuit de colline en colline , ou
reparaît derrière lui pour embellir de nouveau les contrées qu'il a parcourues ; et
partout , excepté où il se trouve , le
paysage offre un aspect enchanteur.

2

LES CORBEAUX.

« J'aime le geai, la pie, et le superbe autour;
Le corbeau qui croasse au sommet d'une tour,
Et les cris du hibou, cet amant des ténèbres,
Qui, remplissant les airs de ses plaintes funèbres,
De l'immuable sort proclame au loin la loi ;
Oui, le hibou lui-même a des charmes pour moi.»

Cowper.

A l'extrémité de la terrasse, au bas du jardin, existe un bosquet de chênes et de hêtres élevés qu'une troupe de corbeaux a choisi pour retraite, et qui forme une des provinces importantes des états du chevalier. Le vieux gentilhomme aime fort ses corbeaux, et ne permet pas que l'on en tue un seul ; aussi ils ont prodigieusement multiplié, et la cime des arbres est sur-

chargée de leurs nids ; ils ont même em-
piété sur la grande avenue, et à une
époque déjà très-reculée, ils fondèrent
sur les ormeaux et les pins du cimetière
une colonie qui, comme toutes les colo-
nies lointaines, secoua bientôt le joug de
la mère patrie.

Aux yeux du chevalier, la race des corbeaux est d'une noblesse aussi ancienne
qu'illustre, très-monarchique dans ses
principes, attachée au sol et dévouée à l'é-
glise et à l'état ainsi que l'attestent suffi-
samment l'habitude de bâtir leurs nids
dans les lieux les plus élevés et d'habiter
de préférence le voisinage des tours et des
cathédrales, ou les forêts antiques qui entourent les manoirs et les vieux châteaux.
Cette haute estime que professe pour eux
le chevalier m'a fait examiner de plus près
ces respectables oiseaux ; car je l'avoue à
ma honte, je les avais d'abord confondus
avec leurs cousines germaines les corneilles, et dans le fait au premier coup
d'œil, on remarque entr'eux un certain
air de famille. Cependant, rien de plus

outrageant que cette lourde méprise :
il en est des corbeaux et des corneilles ,
parmi la gent emplumée , comme des
Espagnols et des Portugais parmi les nations , le voisinage et la ressemblance
sont précisément un motif pour qu'ils se
détestent davantage. Les corbeaux sont
d'anciens propriétaires , des gentilshommes , d'un esprit noble et élevé qui,
depuis un temps immémorial , occupent
leurs manoirs héréditaires ; tandis que
les misérables corneilles ne sont qu'une
race de vagabonds , de fainéans et de ma-
raudeurs qui parcourent incessamment
la contrée sans demeure et sans asile,
toujours en guerre avec le reste du monde
qui les proscrit à son tour, et que l'on
pend en guise d'épouvantail pour protéger les récoltes. M. Simon m'a assuré
qu'un corbeau qui s'avilirait au point de
s'allier à une corneille , serait infailliblement deshérité, et même honteusement
chassé par sa noble famille.

Le chevalier prend le plus vif intérêt
aux affaires de ses noirs voisins , et les

observe avec une affectueuse attention.
Quant à M. Simon, il prétend en connaître de vue un certain nombre auquel
il a donné des noms ; il m'en fit voir plusieurs qui , suivant lui , sont de vieux
chefs de famille , et il les compare à d'hon-
nêtes bourgeois qui , dans leur vieillesse , ont acquis une grande considéra-
tion parmi leurs concitoyens, et portent
le chapeau retroussé, et les souliers à
larges boucles d'argent. Ils résident sur
les terres du chevalier, qui les honore d'une
protection pleine de bienveillance ; cependant, ils semblent malgré cela méconnaître son autorité, et n'entretiennent
avec lui aucun commerce d'amitié. Leurs
tènemens aériens sont situés hors de la
portée de la balle , et malgré la proxi-
mité du château ils affectent envers le
genre humain une réserve pleine de défiance et de froideur.

Cependant il est une saison de l'année
qui met tous les oiseaux de niveau, et
adoucit la fierté de ceux même qui appartiennent à la plus haute volée ; c'est

le moment ou ils font leurs nids , c'est-à-
dire dès les premiers jours du printemps,
lorsque les arbres des forêts commencent
à reverdir , lorsque à l'extrémité de leurs
branches encore sèches l'on voit les
bourgeons pousser et grossir , lorsque le
fraisier sauvage et toutes les plantes qui
croissent à l'ombre des bois solitaires ,
développent leurs premières feuilles de
couleurs variées , et que la marguerite et
la primevère fleurissent à l'abri des haies.
Un mouvement général règne alors parmi
la gent ailée, de même que la végétation
des plantes , leur agitation continuelle,
leur gaieté en voltigeant çà et là , annonce
le renouvellement de la vie , et la fécon-
dité du printemps.

C'est alors qu'oubliant leurs habitudes
réservées et hautaines , les corbeaux se
dépouillent de leur fierté. Au lieu de se
tenir à l'écart dans les hautes régions de
l'air , balancés par la brise sur la cime
d'un arbre élevé, et jetant sur les humbles
habitans de la terre un regard de mépris ,
ils déposent pour un moment leur qualité

de gentilshommes , et descendant sur la
terre , ils s'abaissent jusqu'à la pénible et
laborieuse profession d'un manœuvre.
Leur froideur naturelle fait place à la confiance et à la familiarité ; on les voit voltigeant çà et là d'un air empressé et ra-
massant des matériaux propres à bâtir.
De temps en temps, l'on rencontre sur la
route quelqu'un de ces vieux gentilshommes affairés , qui marche avec peine,
comme s'il souffrait de la goutte ou de
cors aux pieds ; promenant autour de lui
des regards perçans , examinant avec une
sérieuse attention , d'abord d'un œil, puis
de l'autre , chaque brin de paille qu'il
rencontre , jusqu'à ce qu'enfin , apercevant quelque grosse branche assez solide
pour servir de fondement à son château
aérien, il s'en empare avec avidité, et
l'emporte en toute hâte à la cime de son
arbre , craignant apparemment qu'on ne
lui dispute ce précieux trésor.

Ces architectes aériens , comme la plupart des faiseurs de château , sont un peu
bizarres dans le choix de leurs matériaux,

et semblent employer de préférence ceux
qui viennent de loin ; ainsi quoique les
arbres environnans fournissent en abondance des branches desséchées, jamais
ils ne songent à en faire usage ; ils vont
faire leurs provisions dans des contrées
lointaines, et arrivent au logis après avoir
couru aux extrémités de la terre, chacun
rapportant dans son bec un précieux mor-
ceau de bois.

Je dois à la vérité de dire, quoique à
regret, car ceci semble peu honorable
pour de graves et dignes gentilshommes,
que pendant la saison des constructions,
il s'élève entre eux de fréquentes discussions ; ils se pillent et se dépouillent
les uns les autres sans aucun scrupule ;
et quelquefois, à la suite de fâcheux dé-
lits de ce genre, la retraite des corbeaux
n'est plus qu'un repaire affreux de trouble
et de discorde. Ordinairement l'un des
époux reste sur le bord du nid pour le
préserver du pillage ; et souvent j'ai vu
naître de graves contestations, lorsqu'un
rusé voisin s'efforçait de dérober une

belle poutre dont l'aspect l'avait séduit.
Cependant, comme je ne veux point
adopter à la légère des soupçons propres
à ternir la réputation d'une nation aussi
recommandable, je suis très-porté à croire
que les premières classes de l'état blâ-
ment hautement ces larcins, et que les
autorités les punissent sévèrement ; dans
le fait, j'ai vu souvent une troupe entière
de corbeaux fondre sur le nid de l'un des
membres de la communauté ; le mettre
en pièces en un instant, s'en partager les
dépouilles, et quelquefois même maltraiter
le malheureux propriétaire; d'où j'ai con-
clu que c'étaient des officiers de police
infligeant un châtiment signalé à quelque
insigne larron ; ou peut-être une troupe
de *baillifs* exerçant dans sa demeure une
saisie exécution.

Pendant le temps de leurs travaux, je me
suis amusé parfois à observer des expéditions d'un autre genre. L'intendant, au
grand mécontentement du chevalier, qui
pense que c'est déroger à la dignité du parc
que l'on doit réserver uniquement pour

5*

les bêtes fauves, a permis de faire paître un troupeau de brebis dans une clairière auprès du château. Non loin de la fenêtre du salon existe une petite éminence couverte de gazon, où les brebis et leurs agneaux se rassemblent le soir pour profiter des derniers rayons du soleil couchant. Aussitôt qu'ils y étaient réunis, à l'époque où ces oiseeaux dominateurs construisaient leurs nids, un vieux corbeau, le premier magistrat de la communauté, au dire de M. Simon, venait majestueusement se poser sur la tête d'une brebis, qui à l'instant, sensible à cet honneur, cessait de paître, et demeurait dans une respectueuse immobilité sous son auguste fardeau; toute la troupe, imitant son chef, descendait alors en planant en l'air, jusqu'à ce que chaque brebis eût sur le dos deux ou trois corbeaux voltigeant, se débattant et croassant. Récompensaient-ils la soumission des brebis en levant sur leur toison une large contribution au nom de la république, c'est ce que je ne puis affirmer; cependant je présume qu'ils suivaient l'usage des protecteurs puissans.

La fin du mois de mai, lorsque leurs petits commencent à sortir de leurs nids et à se balancer sur les branches voisines, est le moment des grandes tribulations pour ces oiseaux. C'est alors que commence le temps de *la chasse aux corbeaux*, terrible massacre des innocens. Le chevalier interdit dans ses terres toute expédition de ce genre ; mais on exerce, m'a-t-on dit, un horrible carnage dans la colonie établie auprès de la vieille chapelle. C'est pour marcher contre cette république dévouée que le village rassemble toutes ses forces. Chaque oisif assez heureux pour posséder une vieille carabine ou un mousquet rouillé, se met alors en campagne avec les archers de l'école de Slingsby. C'est en vain que le petit ministre interpose son autorité, et de la fenêtre de son cabinet de travail qui donne sur le cimetière, leur adresse d'une voix aigre les plus vives remontrances; c'est une fusillade continuelle depuis le matin jusqu'au soir. Leurs coups ne portent pas toujours, car ils ne sont pas grands tireurs ; cependant les acclamations des manans qui composent l'armée assiégeante , annoncent de temps en temps la chute de quelque gras et malheureureux corbeau , qui tombe pesamment à terre comme un pâté de pommes cuites.

Des désastres et des calamités d'un autre genre affligent encore la république. Il est naturel de penser que dans une communauté aristocratique aussi orgueilleuse , si fière de son illustre origine et de son antique noblesse, il s'élève souvent des discussions de préséance qui entraînent à leur suite de graves affaires d'honneur. Dans le fait , on en voit de fréquens exemples , les querelles particulières occasionent à la cime des arbres de fâcheux démêlés , et j'ai vu plus d'une fois des duels réguliers entre deux fiers et vaillans corbeaux. En général , ce sont les plaines de l'air qui forment le champ de bataille, et on les voit déployer dans le combat autant d'habileté que d'adresse; tantôt planen t en cercle l'un autour de l'autre;

tantôt ils s'élèvent de plus en plus pour
gagner l'avantage du terrain ; et souvent
même ils disparaissent dans les nuages
avant que le combat soit terminé,

D'autres fois ils ont à soutenir les pénibles attaques d'un faucon envahisseur, et
ils le repoussent de leur territoire par un
posse comitatus. Ils sont d'ailleurs très-ja-
loux de leurs propriétés, et ne permettent à
aucun oiseau de se fixer dans leur bosquet,
ou même dans le voisinage. Un digne et
respectable hibou, vieux célibataire, ha-
bitait depuis long-temps un des coins du
bois ; mais les corbeaux l'en ont brave-
ment chassé, et, dégoûté du monde, il
s'est retiré dans une forêt voisine, où il vit
en véritable ermite, et renouvelle souvent
ses plaintes nocturnes sur cet indigne
traitement.

C'est ordinairement pendant le calme
d'une belle soirée, lorsque les corbeaux
dorment en paix, que l'on entend les cris
de ce malheureux gentilhomme; et souvent, en me promenant au clair de la
lune, je les écoute avec une espèce de

plaisir mystérieux. Ce misanthrope à
barbe grise est très-révéré du chevalier;
mais ses gémissemens remplissent les domestiques du château de craintes supers-
titieuses, et l'on persuaderait difficile-
ment à la laitière de s'aventurer la nuit
dans les bois qu'il habite.

Les querelles particulières ne sont pas
les seules calamités auxquelles les corbeaux soient exposés; il en est d'autres encore, qui parfois plongent dans la consternation les familles les plus respectables. Ils ont conservé le véritable esprit
des barons du bon vieux temps de la
féodalité, de sorte que souvent ils sor-
tent de leurs châteaux pour fourrager où
mettre à contribution les moissons des
vilains du voisinage, et quelquefois dans
le cours de leurs excursions chevale-
resques, ils essuyent une décharge de la
vieille artillerie de quelque fermier réfrac-
taire. Quelquefois aussi, tandis qu'ils
prennent l'air et se promènent en parfaite
sécurité hors des frontières du parc, ils
s'avancent imprudemment à la portée de

quelque vaurien d'archer de l'école de
Slingsby, et sont atteints d'une flèche
décochée par la main d'un méchant écolier. Il arrive souvent alors que l'aven-
turier blessé a tout juste la force d'atteindre
sa demeure, et rendant l'âme au milieu
des nids de corbeaux, il reste suspendu
sur une branche, comme un voleur au
gibet; terrible leçon pour ses concitoyens,
et triste objet de pitié pour le chevalier.

En définitive, et malgré ces fâcheux
accidens, l'existence des corbeaux est heureuse et tranquille. Lorsque leurs petits
sont élevés et lancés dans les plaines de
l'air, leur véritable élément, la tâche des
vieux parens semble terminée, et ils re-
prennent leur fierté habituelle et leur oisiveté aristocratique. Lorsque je les vois
folâtrer avec une joie bruyante dans les
bosquets élevés qu'ils habitent, tantôt
planant dans les nues, tantôt se reposant
sur la cime des arbres, et les ailes étendues, se balançant à l'extrémité des
branches agitées par la brise, j'envie quelquefois la félicité dont ils jouissent dans

leurs demeures éthérées. Quelquefois ils
se dirigent vers l'église pour faire une promenade du bon ton, et s'amusent à tracer
autour du clocher des cercles aériens ;
quelquefois ils ne laissent au logis qu'une
simple garnison pour monter la garde et
défendre la forteresse, tandis que le reste
de la troupe se disperse au loin pour res-
pirer le grand air. Au soleil couchant, les
sentinelles annoncent leur retour; d'abord
on distingue à peine leurs croassemens
qui se font entendre dans le lointain, et
on les aperçoit à l'horizon semblables à
un nuage noir qui s'approche peu à peu,
et finit par se diriger vers leurs retraites
élevées. Ils planent alors au-dessus du
jardin et du château en faisant de
grands circuits dans les airs , puis ils
descendent peu à peu, jusqu'à ce qu'enfin ils se posent les uns après les autres
sur les arbres du bosquet , et l'on croirait
volontiers, à entendre leurs croassemens
confus, qu'ils se racontent les aventures de
la journée.

J'aime à me promener à cette heure

dans les sombres bosquets qu'ils ont choisis pour retraite; et à entendre au-dessus de ma tête les accens variés de ce peuple aérien. A mesure que les ténèbres s'épaississent, la conversation languit, et ils semblent s'endormir peu à peu; cependant on entend encore de temps en temps des voix aigres et discordantes ; on dirait que deux époux se querellent pour un pan de couverture ou un coin d'oreiller. La nuit est toujours fort avancée avant qu'il soient complétement endormis; et alors le célibataire anachorète, le vieux hibou leur voisin, fait entendre au fond des bois solitaires qu'il habite, ses lugubres complaintes.

~~~~~~

LES VOYAGES.

« Voulant voir du pays, jadis un bon bourgeois
A dix milles au plus faisait un long voyage ;
Son départ, annoncé dans tout le voisinage,
Occupait les esprits pendant quatre grands mois ;
Et ses enfans de pleurs inondant son visage,
Semblaient le voir partir pour chez les Iroquois. »

<div align="right">Le joyeux Docteur, 1609.</div>

Il y a quelques jours, le chevalier a
essuyé un terrible choc, et a été même
presque désarçonné par son infatigable
antagoniste et voisin M. Faddy, qui
pousse son lourd dada avec autant d'ar-
deur que mon digne hôte même, et se
montre si zélé pour améliorer et réformer
le canton, qu'avant peu, dit le chevalier,

il ne sera plus possible de l'habiter. Le crime irrémissible qui excite en ce moment l'indignation de mon digne hôte, est une tentative faite récemment par le manufacturier, pour établir une voiture publique, qui, s'écartant de l'ancienne route, traverserait le village voisin.

Je crois avoir dit que le château est situé dans un canton isolé du comté, et loin de toute grande route, de sorte que l'arrivée d'un voyageur suffit pour attirer tous les habitans à leurs fenêtres, et excite la curiosité des buveurs de bière du petit cabaret. Je ne pouvais donc concevoir qu'une entreprise si avantageuse et si utile excitât l'indignation du chevalier jusqu'à ce qu'enfin je m'aperçus que la facilité des voyages était pour lui un grand sujet de chagrin.

Je déclame contre les diligences, les malles-postes et les grandes routes, et leur attribue la corruption des mœurs rustiques. Ce sont elles, dit-il, qui fournissent à tout badaud les moyens de faire traîner sa famille d'un bout à l'autre du

royaume; ce sont elles qui font pénétrer
à charretée les modes et les folies de la
ville jusqu'aux extrémités les plus reculées
de notre île. Toute la contrée est traversée par ces cargaisons roulantes d'a-
ventureux touristes parties de Cheapside
ou du Poultry, explorent jusqu'aux plus
petits sentiers, et les parcs et les avenues
de nos manoirs sont envahis par une foule
de *croutons* des deux sexes, qui, munis
d'une chaise portative et de leur porte-
feuille, s'introduisent partout pour bar-
bouiller quelques esquisses.

Ces prétendues améliorations, ajoute-
t-il, vous privent du charme de la solitude,
et détruisent le calme de la vie champêtre; mais surtout elles altèrent la simplicité de mœurs des paysans en ne leur
donnant sur les usages des villes que des
demi-connaissances. Un grand hôtel où
descend une diligence suffit pour cor-
rompre tout un village. Il crée une multitude de niais et d'oisifs, il rend les gens
du peuple badauds, musards et gobe-

mouches , et transforme nos rustres paysans en jokeys connaisseurs. ·

Le chevalier conserve un certain penchant pour les anciennes idées féodales. Il porte avec regrets ses regards en arrière vers le bon vieux temps où jamais l'on ne voyageait qu'à cheval , et où les obstacles multipliés, occasionés parle mauvais état des routes et des voitures , ou bien encore par les brigands qui infestaient les grands chemins , semblaient séparer chaque hameau du reste du monde.

Le seigneur du manoir était alors une espèce de souverain , sa cour était le château paternel , son royaume le territoire qui l'environnait , et on lui témoignait presque autant de respect et d'attachement qu'au roi lui-même. Chaque canton formait un monde à part , distingué par ses mœurs et ses coutumes particulières, ayant ses opinions et son histoire locales. Attachés à leurs demeures, les habitans ne songeaient point à voyager. C'était faire un longué expédition que de perdre de vue le clocher de la paroissse ; et un homme qui avait fait le voyage de Londres devenait pour toute sa vie l'oracle du village,

Lorsque l'on compare cette époque à la nôtre, quelle différence dans la manière de voyager! Jadis, lorsqu'un gentilhomme allait faire une visite à l'un de ses voisins, l'on croyait voir un chevalier errant partant pour une expédition lointaine ; et la moindre excursion de famille était une véritable caravane. Combien devaient être splendides et bizarres à la fois ces cavalcades d'autrefois telles qu'on nous les a présentées sur de vieilles tapisseries ; lorsque l'on voyait de belles dames, montées sur des palefrois richement caparaçonnés, couverts de harnais brodés et garnis de clochettes d'argent ; escortées par des cavaliers magnifiquement vêtus et domptant avec grâce de superbes coursiers, tandis qu'une foule de pages et de laquais marchaient en arrière! Dans ce temps, lorsque les grands seigneurs étaient en voyage, il semblait voir

marcher des portraits de famille. Leur
cortége excitait la surprise et l'admiration
du peuple, qui les contemplait avec respect comme des êtres d'une nature supé-
rieure ; et certes ils l'étaient réellement,
car l'habitude du cheval est un exercice
fortifiant et salutaire, et ne leur inspirait
que des sentimens nobles et généreux.

Par attachement à l'ancienne méthode,
le chevalier voyage presque toujours à
cheval ; mais il se plaint qu'aujourdui la
monotonie de la route n'est variée par
aucun incident ; car grâces à la rapidité
avec laquelle vous emporte une diligence
ou une chaise de poste, un voyageur à
cheval est souvent condamné à aller seul.
Dans *le bon vieux temps* au contraire, un
cavalier trottait à travers mares et bour-
biers, de ville en ville, de hameau en
hameau, causant avec un moine, *un*
Franklin, ou tout autre compagnon
de voyage que le hasard lui faisait rencontrer ; pour abréger la route, il racontait des histoires de voyageurs, et alors

elles étaient vraiment merveilleuses ; car
en dehors du cercle étroit où l'on vivait, tout semblait romanesque ; le soir,
il s'arrêtait dans une hôtellerie où l'on
voyait au-dessus de la porte un bouchon
qui promettait de bon vin ; et si par
malheur il était mauvais, une jolie hô-
tesse le faisait trouver délectable. A l'heure
du souper, il rencontrait d'autres voyageurs tels que lui, on racontait les aventures du jour, ou bien l'on écoutait les
contes et les chansons joyeuses de l'hôte,
qui presque toujours était un bon vivant,
et faisait lui-même les honneurs de sa
table; car suivant le Bouquet des hôteliers
du vieux Tussort,

En voyage aimez-vous bon gîte et bonne bière,
   A votre table invitez l'hôtelier ;
Vous aurez un bon lit, vous ferez bonne chère,
Et le meilleur *porter* sortira du cellier.

Le chevalier descend aussi de préférence dans ces auberges que l'on rencontre
encore quelquefois, vieilles maisons con-

struites en bois et en plâtre ; des *bécassins*,
ainsi que les appellent les antiquaires,
avec de larges porches, des vitraux en
plomb, des chambres à grands panneaux
de boiserie, et d'énormes foyers : il les
préfère aux auberges plus spacieuses et
plus modernes ; et, pour satisfaire sa fan-
taisie, il s'expose volontiers à n'avoir
qu'un mauvais souper et un mauvais lit.
Dans ces auberges, dit-il, tout lui rappelle les souvenirs du vieux temps, et
le soir, à la brune, il espère toujours voir
arriver à cheval, à la porte, une troupe
de voyageurs fatigués, portant de larges
hauts-de-chausses, de grosses bottes et de
longues rapières, avec une plume à leur
chapeau.

Les réflexions du bon chevalier me
rappelèrent une visite que j'ai faite jadis à
la taverne Tabard, fameux rendez-vous
des pèlerins de Chaucer lors de leur départ pour Cantorbery. Elle est située dans
le bourg de Southwark, non loin du pont
de Londres, et porte à présent l'enseigne
de *Talbot*. Depuis le temps où vivait

Chaucer, elle a bien déchu de sa splendeur, et c'est aujourd'hui le rendez-vous et le magasin des grosses voitures et des fourgons qui voyagent dans le comté de Kent. La cour où jadis les pèlerins s'assemblaient avant de se mettre en route, était alors encombrée de lourds chariots. Tout autour, l'on voyait entassés des caisses, des ballots, des paniers et des bourriches, contenant les productions les plus recherchées de la ville et de la campagne, tandis que des poules, entourées de leurs poussins affamés, gloussaient en grattant parmi la paille et la litière. Au lieu de la magnifique cavalcade bigarrée de Chaucer, je n'aperçus qu'une troupe de voituriers et de garçons d'écurie qui se délectaient en faisant circuler à la ronde une pinte de bière, tandis qu'assis auprès d'eux, sur son derrière, un grand lévrier, la tête de côté et dressant les oreilles, les regardait fixement comme s'il eût attendu qu'on lui passât le pot à son tour. Néanmoins, je vis avec plaisir que, malgré la décadence de cette taverne, le possesseur actuel en appréciait la renommée poétique. Une inscription, placée au-dessus de la porte, annonçait que cette auberge était celle où couchèrent les pèlerins de Chaucer la nuit qui précéda leur départ, et au fond de la cour, une magnifique enseigne les représentait au moment de se mettre en route. Je ne fus pas moins charmé de voir que, dans la reconstruction de l'auberge actuelle, l'on avait conservé sa forme primitive. Tout autour de la cour régnaient, comme autrefois, deux galeries sur lesquelles donnaient les chambres des voyageurs. Suivant les antiquaires la forme de ces vieilles auberges a déterminé celle de nos théâtres. Anciennement on représentait les drames dans la cour des hôtelleries. Les voyageurs assistaient au spectacle dans la galerie qui répondait à nos loges modernes; la populace, critique par essence, s'assemblait dans la cour, qui tenait lieu de parterre, et les curieux, groupés dans les lucarnes du grenier, ne ressemblaient pas mal aux *dieux du paradis.*

Plus tard, lorsque le drame eut acquis assez d'importance pour avoir une demeure en propre, les architectes suivirent pour modèle, dans leurs constructions, les anciennes hôtelleries.

Je fus si charmé de retrouver ainsi des souvenirs de Chaucer et de son poème, que je priai de me servir à dîner dans le petit salon de la taverne Talbot. Tandis qu'on faisait les préparatifs nécessaires, je m'assis près de la fenêtre ; et, tout en musant et promenant mes regards sur la cour, mon imagination évoquait le brillant spectacle que le poète a dépeint avec de si vives couleurs, jusqu'à ce qu'enfin les ballots, les caisses et les paniers, les voituriers et leurs chiens disparurent à ma vue pour faire place à la troupe bigarrée des pèlerins de Cantorbery. Des spectateurs oisifs, richement vêtus, comme on l'était du temps de Chaucer, remplirent encore une fois les galeries, et toute la cavalcade sembla défiler devant moi. Là, paraissait, sur un coursier pacifique, le majestueux chevalier qui

avait parcouru la chrétienté et le pays des
Sarrasins, et combattu *pour la foi à Tra-*
missène ; et son fils, le jeune écuyer, tendre et galant damoisel, portant les cheveux frisés et le manteau brodé, cavalier
intrépide, élégant danseur, poëte et musicien; riant et chantant tout le jour, et
frais comme le mois de mai, et son gros
yeoman à tête carrée; un brave garde-
forestier vêtu d'un justaucorps vert, avec
son baudrier, sa trompe et son coutelas,
tenant à la main un arc vigoureux, tandis qu'un paquet de flèches garnies de
plumes de paon était suspendu à sa
ceinture; et la prude, l'innocente et
riante nonnain, aux yeux gris, au front
élevé et aux lèvres de rose, délicatement
enveloppée dans un élégant manteau, ré-
pétant son petit juron, *par saint Éloi ;*
et le gros marchand au ton solennel, à
barbe tressée et castor de Flandre, monté
sur son grand cheval; et le gros moine,
joyeux et bien portant, avec sa jument
bai-brun, son capuchon retenu par une
épingle en or, sur laquelle est gravé

un lac d'amour; sa tête chauve, brillant comme un miroir, et sa face rebondie
aussi luisante que si on l'avait huilée ; et
le mince clerc d'Oxford, raisonneur sen-
tentieux, avec son cheval étique aussi
maigre que lui, digne monture d'un écolier ; et le joyeux appariteur, grand man-
geur d'ail et d'ognons, amateur *de bon
vin rouge comme du sang*, qui, en guise
de bouclier, porte un large gâteau, et es-
tropie du latin tout en vidant son verre;
franc biberon dont le teint enluminé et
la face de chérubin couverte de bourgeons *fait peur aux petits enfans* ; et la
jolie femme de Bath, veuve de cinq maris,
montée sur sa haquenée, avec un chapeau
large comme une rondache; ses bas rouges
et ses longs éperons, et le fluet, le bil-
leux bailli de Norfolk, aux grandes jambes
décharnées et sans mollets, monté sur
son vigoureux cheval gris, la barbe fraî-
chement rasée, les cheveux coupés courts,
et portant au côté une vieille rapière
rouillée ; et le jovial limitateur, aux yeux
étincelans, et dont la langue bien déliée

est toujours en mouvement ; l'enfant gâté
des femmes et des *Franklins*, grand fai-
seur de mariages, et connu dans la ville
de tous les *hôteliers et des garçons de tavernes.* En un mot, avant que l'apparition
moins poétique, mais plus substancielle,
d'un bifteck fumant vînt me tirer de ma
rêverie, j'avais vu sortir de la cour toute
la calvalcade, précédée du robuste meu-
nier aux cheveux rouges qui s'avançait
en tête, jouant de la musette, tandis que
le vieil hôte de la taverne Tabard leur
donnait le dernier adieu, en leur souhai-
tant un bon voyage jusqu'à Cantorbery.

Lorsque le chevalier apprit qu'il existait un descendant légitime à l'ancienne
taverne Tabard, la joie pétilla dans ses
yeux ; sur-le-champ il forma le projet de
le chercher à la piste lors de son premier
voyage à Londres, afin d'y aller faire un
déjeuner et d'y boire un verre du meilleur vin du cellier, à la mémoire du
vieux Chaucer. Le général, qui l'entendit
par hasard, demanda aussitôt la permis-

sion d'être de la partie ; il aimait, disait-
il, à faire valoir les hôtels établis depuis
long-temps ; car on y trouve ordinairement des vins vieux excellents.

MALHEURS DOMESTIQUES.

« La nuit fut orageuse, et de notre chaumière,
Par l'ouragan le toit fut emporté. »

Macbeth.

Nous avons essuyé pendant quelques
jours un affreux ouragan qui a envahi
tout à coup la saisondes fleurs, et terni
pour un moment la fraîcheur et l'éclat
du paysage. La nuit dernière, la tempête a redoublé de fureur; la pluie
tombait par torrens; le vent ébranlait les
vitraux, comme au fond de l'hiver, et
soufflait avec violence autour du vieux
manoir. Ce matin cependant, le temps
était clair et serein; il semblait que la

6*

face du ciel eût été récemment lavée,
et le soleil brillant dans tout son éclat,
n'était obscurci par aucun nuage. Au-
dessus de ma tête, rien n'annonçait une
tempête récente; mais en me mettant
à la fenêtre je contemplai d'affreux ravages au milieu des fleurs et des arbris-
seaux. Les allées du jardin étaient trans-
formées en petits torrens; l'on voyait
partout des branches d'arbres brisées,
et un faible ruisseau qui traversait le
parc et roulait jadis ses flots argentés
à l'extrémité de la clairière, était devenu une flaque d'eau sale et jau-
nâtre.

Dans un établissement tel que celui-
ci, où l'on voit un manoir élevé et antique un peu affligé des infirmités de la
vieillesse, et des dépendances qui sont
aussi vastes que multipliées, un ouragan
est un événement de grande importance, et qui souvent entraîne à sa
suite de nombreux soucis et d'affreux
désastres.

Tandis que le chevalier déjeunait dans

le grand salon, il était interrompu à chaque instant par quelque messager qui lui apportait de fâcheuses nouvelles de chaque portion de ses domaines ; il me semblait voir dans son quartier général le commandant d'une ville assiégée, recevant après un violent assaut le rapport des diverses parties de la place où ses fortifications avaient été endommagées par l'ennemi. La femme de charge lui annonça d'abord qu'une cheminée avait été renversée par le vent, et que, dans le plafond de la galerie de tableaux, il s'était déclaré une terrible voie d'eau qui menaçait d'effacer toute une génération de ses ancêtres. L'intendant vint ensuite raconter tristement les ravages que l'ouragan avait exercés dans le parc ; tandis que le garde-chasse déplorait la perte d'un beau *brocart* dont on voyait le corps flottant entraîné par les eaux débordées de la rivière.

En sortant, le chevalier fut accosté à la porte par le vieux jardinier paralytique, qui, la figure toute décomposée, lui raconta, du moins je le présumais ainsi, la perte de ses couches de fleurs et la destruction de ses espaliers. Cependant je remarquai que son récit semblait exciter l'intérêt particulier, non-seulement du chevalier et de M. Simon, mais encore de la belle Julie et de lady Lilly Craft, qui se trouvaient à portée de l'entendre. Enfin certains mots qui frappèrent mon oreille me firent conjecturer qu'il s'agissait de quelque malheur domestique, et que, par suite de la tempête, une pauvre famille était restée sans asile. Ces dames laissèrent échapper quelques exclamations de pitié; j'entendis répéter plusieurs fois les expressions de *pauvres infortunés, malheureuses petites créatures*, auxquelles le vieux jardinier répondait tristement en secouant la tête.

Je fus si frappé de cet air de consternation, qu'au moment où le jardinier s'éloignait je ne pus m'empêcher de le rappeler pour lui demander quelle était la malheureuse famille que la tempête avait si cruellement maltraitée. Le bonhomme porta la main à son chapeau, et me regardant d'un air étonné comme s'il n'eût pas compris ce que je voulais dire : Quelle famille, Monsieur ? me répondit-il : il n'est pas question de famille ; mais il est arrivé de grands malheurs aux corbeaux !

Le soir précédent, au moment où la bourrasque éclatait dans toute sa fureur, j'avais remarqué une vive agitation parmi les habitans des airs ; leurs nids étaient remplis de petits qui semblaient en grand danger d'être précipités de leurs berceaux aériens. Les vieux oiseaux eux-mêmes avaient peine à tenir pied ; quelquefois ils planaient dans les airs en croassant, ou bien s'ils se reposaient sur un arbre, ils étaient obligés de s'y cramponner de toutes leurs forces, et on les voyait les ailes et la queue étendues, balancés à la cime des plus petites branches.

Pendant la nuit cependant une horrible calamité avait jeté la consternation dans cette habile et sage république. Au milieu du bosquet qu'il dominait de

toute la tête, s'élevait un bel arbre qui
semblait le faubourg Saint-Germain de la
métropole, et où résidaient les plus distingués, que M. Simon appelle la noblesse et la haute bourgeoisie. Une branche desséchée, cédant à l'effort de la
tempête, était tombée à terre, entraî-
nant dans sa chute une multitude de palais aériens.

A voir l'intérêt général qu'inspirait ce
désastre, l'on pourrait juger aisément du
caractère du chevalier et de tous les habitans du château. Il semblait qu'une calamité publique affligeait cet empire champêtre, et chacun laissait éclater pour les
malheureux corbeaux les mêmes sentimens de commisération qu'auraient pu
lui inspirer des concitoyens dans le malheur.

La terre était jonchée de petits qui n'a-
vaient point encore de plumes, et que
les servantes et les jeunes ladys du château réchauffaient dans leurs tabliers ou
dans leurs mains; et je l'avoue, cette
preuve de sensibilité, cette sympathie

féminine pour les souffrances des petits
et pour la douleur de leur mère me tou-
cha vivement.

Le consternation générale et l'agitation
qui régnait parmi la gent emplumée n'é-
tait pas moins intéressante. Cet événement semblait affecter toute la communauté ; l'on entendait des lamentations
continuelles ; on voyait les corbeaux vol-
tiger et s'agiter sans cesse. Les infortunes
des petits excitent parmi la race empen-
née un sentiment de commisération général ; et dans le temps de la ponte les
cris d'un oiseau blessé suffisent pour ré-
pandre l'inquiétude et l'effroi dans toute
une forêt. Et pourquoi n'appliquerais-je
cette observation qu'à la gent emplumée ?
La nature, à ce qu'il me semble, a donné
à tous les êtres les mêmes sentimens de
sympathie. Cette commisération qu'excitent les pleurs de l'enfance, cette sensibilité qu'inspire la douleur des mères est
un attribut constant du sexe féminin.
Aussi le triste événement dont j'ai parlé
émut vivement toutes les dames du châ-

teau, et je n'oublierai jamais le reg a r
terrible que lady LillyCraft lança au général qui avait eu le malheur d'observer
que les jeunes corbeaux seraient excel-
lens mis en pâtés ou accommodés au
cary.

~~~~~~

LE MARIAGE.

«'Oui, je souhaite, heureux époux,
Que chaque jour filé pour vous
Ressemble au jour du mariage.
Puis-je demander davantage? »

Braithwaite.

Enfin , malgré les prétextes et les remontrances de lady Lilly Craft et les graves
objections qu'elle avait accumulées contre
le mois de mai, le mariage a été célébré
sans accident. La cérémonie a eu lieu
dans la chapelle du village , en présence
d'une nombreuse réunion de parens et
d'amis et de tous les fermiers du canton.
Le chevalier ne pouvait manquer en cette

occasion de faire revivre quelqu'une des anciennes coutumes ; ainsi , par exemple, une douzaine de jeunes filles du village, vêtues de blanc , avaient été placées à l'entrée du cimetière avec des corbeilles de fleurs qu'elles répandaient sous les pas de la fiancée , tandis que le sommelier portait devant elle la coupe de la mariée , grand gobelet d'argent ciselé , précieuse relique conservée dans la famille depuis le temps des grands buveurs. Elle était remplie, suivant l'antique usage , d'excellent vin vieux , et ornée d'une branche de romarin attachée avec des rubans de couleur tendre.

Heureux l'époux que le soleil éclaire de ses rayons! dit un vieux proverbe, et ce jour un ciel pur , un soleil brillant , donnaient les plus heureux présages que l'on pût désirer. La fiancée semblait plus belle encore que de coutume ; mais le jour de son mariage quelle femme n'est pas intéressante? Je ne connais rien de plus enchanteur et de plus touchant qu'une jeune et timide épouse qui, vêtue de sa robe d'une blan-

cheur virginale, se laisse en tremblant con-
duire à l'autel. Lorsque je vois une jeune
vierge dans la fleur de l'âge quitter le séjour
de son enfance et le toit paternel, et avec
cette confiance aveugle et ce tendre abandon qui sont le propre des femmes, re-
noncer au reste du monde pour s'attacher
à l'homme de son choix ; lorsque je l'en-
tends, dans le vieux langage du rituel, se
donner à lui pour *partager ses joies et ses
douleurs*, *la misère ou la richesse*, *les ma-
ladies et la santé*, lui promettre *de l'aimer,
de l'honorer et de lui obéir jusqu'à la mort;*
je me rappelle ces paroles si belles et si
touchantes de Ruth : « Où tu iras j'irai,
et où tu habiteras, là sera ma demeure ;
ton peuple sera mon peuple, et ton Dieu
mon Dieu. »

Ce fut lady Lilly Craft qui, le cœur vivement ému, ainsi que cela arrive infailliblement lorsqu'il s'agit d'amour et de
mariage, assista la belle Julie dans cet
instant décisif. Au moment où la fiancée
approchait de l'autel, son visage se cou-
vrit d'un vif incarnat ; puis succéda une

pâleur mortelle ; elle semblait vouloir se
dérober à tous les regards en se cachant
derrière ses jeunes compagnes.

Je ne sais pourquoi une cérémonie
que l'on considère en général comme
une occasion de fêtes et de réjouissances
rend presque toujours sérieux et recueilli.
Pendant la célébration je vis les joues
fraîches et vermeilles de plus d'une jeune
villageoise pâlir tout à coup, et dans
toute l'église je n'aperçus pas un sourire.
Les jeunes ladys du château paraissaient
aussi émues que si la cérémonie eût été
célébrée pour elles, et de temps en temps
elles jetaient à la dérobée des regards de
sympathie vers leur tremblante compa-
gne. Des pleurs brillaient dans les yeux
de la sensible lady Lilly Craft ; quant à
Phébé Wilkins, elle sanglotait et pleu-
rait à chaudes larmes. Cependant l'on ne
sait trop, la plupart du temps, ce qui
fait couler les pleurs de ces tendres et
folles créatures.

De son côté le capitaine, quoique naturellement insouciant et enjoué, sem-

blait fort agité en ce moment, et en voulant mettre l'anneau au doigt de la mariée
il le laissa tomber à terre, ce qui est d'un
fort bon augure, d'après ce que m'a dit
lady Lilly Craft. M. Simon lui-même avait
remplacé sa vivacité ordinaire par cette
étrange figure de circonstance qu'il ne
manque jamais de prendre dans les grandes
occasions. Il chuchota longuement avec
le ministre et le clerc de la paroisse; car
c'est toujours un personnage fort affairé,
et il répétait *amen* avec un ton de solennité et de dévotion qui édifia tous les
assistans.

Mais aussitôt que la cérémonie fut terminée, il s'opéra un changement magique.
On fit circuler à la ronde, suivant l'ancienne coutume, la coupe de la mariée,
et les assistans burent à son heureuse
union; chacun semblait bannir toute
contrainte. M. Simon débita mille plaisanteries de vieux garçon, et le galant
général roucoulait et se pavanait auprès
de lady Lilly Craft, comme un superbe ra-
mier auprès d'une tendre colombe.

Les villageois assemblés dans le cimetière saluèrent l'heureux couple à sa sortie de l'église; le tailleur musicien avait
convoqué sa troupe, et commença une
symphonie discordante au moment où
la mariée, la rougeur sur le front et le
souris sur les lèvres, traversait une double haie de bons paysans pour se rendre
à la voiture. Les enfans jetaient leurs
chapeaux en l'air en faisant retentir le
cimetière de leurs acclamations; le joyeux
carillon des cloches ébranlait le sommet
de la vieille tour, qui semblait sur le
point de s'écrouler, tandis que les corbeaux et les corneilles effrayés voltigeaient
en croassant autour du clocher, et tous
les vieux mousquetons rouillés du voisinage entretenaient une fusillade continuelle.

L'enfant prodigue se distingua en cette
occasion : il avait hissé un beau drapeau
sur le haut de l'école, et dès le soleil levant il mit le village en rumeur par le son
du tambour, du fifre et du galoubet, instrumens sur lesquels plusieurs de ses

écoliers font des progrès étonnans. Mais
l'excès de son zèle a été sur le point d'oc-
casioner de grands accidens; car au retour
de l'église les chevaux des époux s'empor-
tèrent, effrayés par une salve de vieux
canons de fusil qu'il avait rangés en guise
de parc d'artillerie en face de l'école,
afin de saluer militairement le capitaine.

Toute la journée fut consacrée à des
divertissemens et des réjouissances champêtres. Des tables immenses avaient été
dressées sous les arbres dans le parc, et
tous les paysans du canton s'y régalèrent
de rosbiff et de plumpudding arrosés d'un
océan de bière. Jeannot Argent-Comptant présidait une des tables, et il fit si
bien honneur au festin qu'oubliant sa
gravité accoutumée il se mit à chanter en
fausset une chanson joyeuse, et lâcha
deux ou trois éclats de rire qui firent tres-
saillir ses voisins comme un éclat de ton-
nerre. Le maître d'école et l'apothicaire
firent à l'envi l'éloge de la bière, et de
temps en temps la bande villageoise exé-

cutait de joyeux morceaux de musique
capables de mettre en fuite les faunes et les
dryades de la forêt. Le vieux Christy lui-
même, qui ce jour était vêtu de neuf depuis les pieds jusqu'à la tête, et ajoutait
à la splendeur d'une nouvelle culotte de
peau l'éclat d'un énorme nœud de rubans
attaché à son chapeau, adoucit sa rudesse ordinaire, et, électrisé par le vin et
la bonne chère, dansa sur la table une
hornpipe avec la grâce et l'agilité d'un habile danseur de corde.

La même gaieté régnait dans l'intérieur
du château parmi la nombreuse réunion
d'amis qui s'y trouvait à table. Chacun
s'applaudissait de ses heureuses saillies
sans faire la moindre attention à celles
de son voisin. On distribua de pleines
corbeilles de gâteaux de la mariée, et les
jeunes ladys étaient fort occupées à en
faire passer des morceaux à travers l'anneau nuptial, afin d'avoir des rêves en les
mettant sous leur oreiller; j'aidai moi-
même une jolie petite pensionnaire à en
ramasser une grande quantité pour ses

compagnés, et leur distribution suffira, j'en suis certain, pour mettre à l'envers pendant huit jours au moins toutes les petites têtes du pensionnat.

Après dîner toute la compagnie, grands et petits, bourgeois et gentilshommes, se mirent à danser, non le grave et gracieux quadrille moderne, mais la vieille anglaise, si vive et si gaie, la véritable danse, suivant le chevalier, qui convienne à des noces, car on la danse toujours deux à deux en se tenant par la main, et les airs gais et légers animent tous les cœurs et font briller le plaisir dans tous les yeux. Les gentilshommes du château, avec la simplicité des mœurs antiques, se mêlèrent un moment à la danse des villageois, sous une grande tente qu'on avait dressée pour eux en guise de salle de bal, et jamais M. Simon ne m'a semblé plus satisfait de son rôle qu'au moment où il faisait les honneurs de cette fête champêtre en qualité de maître des cérémonies et lorsqu'avec un air de protection et de galanterie il conduisait la danse en donnant

la main à l'*ex-reine du Mai*, qui n'acceptait qu'en rougissant cet excès d'honneur.

Le soir tout le village fut illuminé, excepté la maison du radical, qui ne prit
point part à la fête, et l'enfant prodigue tira
en face de l'école un feu d'artifice qui
pensa mettre le feu à la maison. Le chevalier est tellement satisfait des loyaux
services de ce digne pédagogue qu'il
parle de l'élever à l'une des premières di-
gnités de son empire, et de lui confier sur
ses terres quelque emploi important, la
charge de fauconnier, par exemple, si
toutefois on parvient à dresser convena-
blement les faucons.

Un vieux proverbe bien connu dit, ou
à peu près, qu'un mariage en fait faire
plusieurs; je ne serais point étonné de le
voir se vérifier en ce moment. J'ai remarqué beaucoup d'enjouement et de gaieté
parmi les jeunes gens que la cérémonie
avait rassemblés, et de longues prome-
nades deux à deux dans les allées solitaires,

ou le long des buissons fleuris du vieux
jardin ; et si réellement les bosquets étaient
doués du don de la parole comme le pré-
tendent les poètes, Dieu sait quelles révé-
lations amoureuses nous feraient les
arbres respectables qui entourent l'antique manoir.

Depuis quelques jours et à mesure
que le départ de Milady approche, le
général redouble envers elle ses préve-
nances et ses attentions ; je le voyais pendant le repas de noces lui jeter de tendres
regards dans l'intervalle du premier au
second service ; et cependant ses hom-
mages étaient sans cesse interrompus par
l'apparition de quelque nouvelle frian-
dise, car le général est arrivé à cette
époque de la vie où le cœur et l'estomac
maintiennent une sorte d'équilibre, et où
les affections se partagent entre une jolie
femme et une dinde aux truffes. Pendant
le premier service, Milady eut pour rivale
une carpe à l'étuvée, et je vis le général
lui lancer au cœur un regard amoureux
qui, sans aucun doute, aurait rendu la

brèche praticable ; mais malheureusement le trait fut détourné par une poi-
trine d'agneau fort appétissante, et dans
laquelle il fit une épouvantable inci-
sion.

Le volage général continua ainsi de
faire le coquet pendant tout le repas,
commettent à chaque service de nouvelles
infidélités jusqu'à ce qu'enfin, épuisé par
ses attentions assidues envers le poisson,
les légumes et le gibier, la pâtisserie,
les gelées, les crêmes, et les blancs-
mangers, il sembla absorbé en lui-
même ; ses yeux languissants et à demi
fermés avaient tellement perdu de leur
vivacité, qu'il ne pouvait lancer un regard
d'un côté à l'autre de la table. En un mot,
je crains que l'appétit du général à ce mé-
morable dîner ne lui soit aussi fatal que
l'a été son sommeil dans une autre
occasion, et qu'il ne le perde dans l'esprit de Mylady.

D'un autre côté, le jeune Jeannot Tibbets a été si vivement ému par la céré-

monie à laquelle il a assisté, et si charmé
de la sensibilité de la pauvre Phœbé Wilkins, qui, à dire vrai, était embellie par
ses larmes ; que ce même jour, après le
dîner, il s'est réconcilié avec elle dans un
des bosquets du parc, et l'a conduite à
la danse pendant toute la soirée, mettant
ainsi en défaut toute l'habileté politique de
dame Tibbets. Je les rencontrai se promenant ensemble dans le parc peu d'instans sans doute après leur réconciliation.
Le jeune Jeannot marchait d'un air fier
et joyeux, tandis que Phœbé tenait la tête
penchée et les yeux baissés. Elle rougit à
mon approche, et au moment où, en
passant près de moi, elle me faisait la révérence, je l'aperçus jeter timidement
un regard à la dérobée, puis soudain elle
fixa les yeux à terre. Mais ce seul coup
d'œil et le léger sourire qui brilla sur ses
lèvres de rose m'en dirent assez pour
me convaincre que le cœur de la jeune
enchanteresse n'avait plus rien à désirer.

Bien plus, lady Lilly Craft, toujours
zélée et bienveillante lorsqu'il s'agit de

tendres intrigues, prit un parti décisif
en apprenant la réconciliation des amans,
et résolut de tout découvrir à Jeannot
Argent-Comptant. L'occasion lui semblait
favorable, et le soir même, dans le parc,
elle attaqua le gros fermier, tandis qu'il
était encore animé par le vin généreux
qu'il avait bu chez le chevalier. Jeannot
fut un peu surpris de voir Milady le
prendre à l'écart; cependant il n'était
pas homme à se laisser imposer par cet
insigne honneur, et ce qui l'étonna davantage ce fut la nature de la confidence,
et de recevoir ainsi la première nouvelle
d'une affaire qui s'était passée sous ses
yeux. Cependant, tandis que Milady lui
détaillait les avantages de cette union, les
bonnes qualités de la jeune fille et ses
derniers chagrins, il l'écoutait avec sa
gravité ordinaire; enfin il s'anima par degrés, et ses doigts s'agitaient sur la poignée du bâton qu'il tenait à la main. Lady
Lilly Craft crut s'apercevoir que son récit
avait offensé le yeoman, et s'empressa
d'apaiser son courroux avant qu'il n'écla-

tât, et elle recommençait l'éloge de la
sensible Phœbé, de sa constance et de
ses vertus, lorsque le vieil Argent-Comptant l'interrompit tout à coup en s'écriant
que si Jeannot n'épousait pas la belle, il
lui briserait les os. Le mariage semble
donc arrêté. Dame Tibbets et la femme
de charge sont meilleures amies que jamais, et prennent le thé ensemble, Phœbé
a recouvré sa fraîcheur et sa gaieté, et du
matin au soir elle chante comme un lo-
riot.

Enfin, le dernier caprice de l'amour a
été si bizarre que je n'oserais en parler
si je n'étais convaincu que mes lecteurs
connaissent aussi bien que moi l'humeur
fantasque de ce malin petit dieu. Le lendemain de la cérémonie, tandis que
lady Lilly Craft était occupée à faire les
préparatifs de son départ, sont imma-
culée suivante miss Hannah lui demanda
une audience, et après bien des grimaces
et des contorsions elle sollicita, en balbu-
tiant timidement comme une jeune fille,
la permission de rester, priant lady Lilly

Craft de vouloir bien la remplacer par une autre femme de chambre. Milady demeura stupéfaite. — Quoi ! Hannah la quitter, elle qui l'avait servie si long temps.

— Las ! on ne peut faire autrement ; il faut bien s'établir tôt ou tard.

Ceci redoubla l'étonnement de la bonne dame ; enfin les lèvres desséchées de la gente demoiselle laissèrent échapper son secret, accompagné d'un profond soupir ; « elle songeait à changer de condition, et la veille au soir elle avait donné sa parole à M. Christy le piqueur. »

Où, quand et comment a été conduite cette singulière intrigue! c'est ce que je ne puis m'expliquer, pas plus que les moyens par lesquels miss Hannah, avec son humeur au vinaigre, est parvenue à amollir le cœur de rocher du vieux Nembrod ; cependant le fait est certain, et tout le monde en est confondu. Malgré le penchant de Milady à faire des mariages, elle n'a pu supporter le vif éclat de ce dernier flambeau allumé par l'Hymen. Elle voulut rai-

sonner avec miss Hannah , mais en vain ;
l'esprit de la suivante et trop prévenu , et
la moindre contradiction l'aigrit. Enfin
lady Lilly Craft s'est adressée au chevalier
pour le prier d'interposer son autorité.
« Elle ne sait , dit-elle, ce qu'elle deviendra sans miss Hannah; depuis si long-
temps elle était habituée à l'avoir près
d'elle ! »

Le chevalier, au contraire, se réjouit
d'un mariage qui délivre la bonne dame
du tyran domestique sous lequel elle a
gémi pendant de longues années. Aussi ,
bien loin d'y mettre obstacle , il en presse
la conclusion de tout son pouvoir, et dé-
clare qu'il établira le jeune couple dans
l'une des meilleures loges de ses terres.
Toute la maison s'unit au chevalier pour
approuver cette union , et chacun avoue
hautement que si mariage a jamais été
écrit dans le ciel, certes c'est bien celui-
ci, car il est évident que le vieux Christy
et miss Hannah sont destinés à aller ensemble, de même que le flacon au vinaigre et la boîte au poivre.

7*

Cette affaire terminée, lady Lilly Craft
prit congé des habitans du château, em-
menant avec elle les jeunes époux, qui
doivent passer à sa terre la lune de miel.
M. Simon les accompagnait à cheval avec
l'intention secrète de prendre les devans
afin de tout préparer pour les recevoir.
Le général, qui avait guetté vainement une
invitation de la part de Milady, lui donna
la main pour monter en voiture, en pous-
sant un profond soupir; ce mouvement
n'échappa point à son ami M. Simon, qui
montait a cheval en ce moment : il m'a-
dressa un signe d'intelligence, et, se penchant sur sa selle en faisant une horrible
grimace, me dit à l'oreille, assez haut
pour qu'on l'entendît, *c'est comme s'il
chantait;* puis, donnant de l'éperon à son
cheval, il partit au galop. Tandis que la
voiture roulait le long de l'avenue, le général restait encore à sa place, saluant
les voyageurs le chapeau à la main, jusqu'à ce qu'enfin, saisi d'un accès de toux
pour être demeuré au grand air, la tête
découverte, il rentra au logis tout pensif, les

mains derrière le dos, et fredonnant à mi-voix d'un air distrait.

Maintenant, presque tout le monde a pris congé du chevalier ; je me dispose à en faire autant dès demain matin, et j'ose espérer que le lecteur ne m'accusera point d'avoir déjà prolongé trop long-temps mon séjour au château. Si je m'y suis déter-miné, c'est qu'il m'a semblé que le ha-sard m'avait conduit dans un de ces can-tons retirés où l'on trouve quelques vestiges de l'ancien caractère anglais : encore quel-ques années, et selon toute apparence ils seront effacés. Jeannot Argent–Comptant reposera auprès de ses aïeux ; le bon chevalier et son humeur bizarre seront ensevelis dans le caveau de l'église voi-sine ; le vieux manoir aura été métamor-phosé en maison de campagne à la mo-derne, ou peut-être en manufacture, et le parc morcelé en petites fermes et en jardins potagers ; tous les jours une dili-gence traversera le village, qui, semblable à tous les villages de l'Angletere, sera peuplé de conducteurs, de postillons, d'habitués

de cafés et de politiques ; les fêtes de
Noël , le jour de mai , toutes les solennités que l'on célébrait par les joyeux
divertissemens du *bon vieux temps* seront
oubliés.

ADIEUX DE L'AUTEUR.

« Allons, séparons-nous ; à ces aimables lieux,
Ami, voici l'instant de faire nos adieux. »

Hamlet.

Il me semble qu'après avoir pris congé
du château et de ses habitans, et terminé
par une espèce de conclusion l'histoire de
ma visite, il ne me reste plus qu'à faire ma
révérence avant de me retirer. Cependant,
je l'avouerai, j'ai un penchant si prononcé
à me lier d'affection avec mes lecteurs
dans le cours d'un ouvrage, que j'ai réellement de la peine à m'en séparer, et,
avant de terminer mon dernier volume,
j'éprouve le besoin de les retenir encore

quelques instans, afin de leur adresser
en deux mots mes adieux.

Lorsque je porte mes regards en arrière
sur l'ouvrage que j'achève en ce moment,
je sens fort bien qu'il fourmille de fautes
et d'erreurs; comment en effet pourrais-
je les éviter en décrivant des mœurs et des
usages que je ne puis, en ma qualité d'é-
tranger, connaître que très-imparfaite-
ment? Bien des gens, sans doute, riront
de mes bévues, tandis que d'autres s'offen-
seront peut-être de mes opinions, qui leur
sembleront des préjugés. Les uns ne consultant que leur goût particulier diront
que j'aurais dû m'étendre davantage sur
tels ou tels sujets, tandis que suivant
d'autres j'aurais fait plus sagement de
les négliger tout-à-fait.

Enfin l'on dira sans doute que je vois
l'Angleterre avec des yeux prévenus, et
l'on dira vrai peut-être; car puis-je ou-
blier qu'elle est pour moi la *mère-patrie?*
Et cependant, la position où je me trou-
vais en la parcourant était peu propre à
m'inspirer des préventions favorables.

Inconnu, ignoré pour ainsi dire pendant
mon séjour en Angleterre, j'ai vécu
comme un simple passager sans demander ni recevoir aucune faveur, et exposé
à cette froideur et à cet abandon qui
sont le partage ordinaire des étrangers.

Lorsque je me rappelle ces circonstances, lorsque je me souviens combien
de fois en prenant la plume je me suis
senti l'humeur sombre, l'esprit triste et
abattu, je ne puis me persuader que je
sois tombé dans l'erreur en présentant
les objets sous un jour trop favorable.
Le jugement que j'ai porté sur le caractère anglais est le résultat d'observations aussi variées que mûres et im-
partiales. Je sais qu'il demande à être
étudié avec calme et sang-froid; car il
a toujours quelque chose de rude et de
repoussant pour un étranger. Que ceux
donc qui condamnent mes opinions
comme trop favorables observent cette
nation aussi attentivement et aussi long-
temps que moi, et, j'en suis convaincu,
ils changeront d'avis à ce sujet. Ce que je

puis affirmer du moins, c'est que je me
suis exprimé avec franchise, ne consultant
que mon intime conviction et l'impul-
sion de mon cœur. Lorsque j'ai publié
mes premiers écrits, je ne cherchais point
à capter la bienveillance des Anglais;
je n'espérais pas alors que mes ouvrages
se répandraient hors de mon pays natal,
et si mon but avait été de rendre mon
nom populaire parmi mes concitoyens,
j'aurais choisi une route plus directe et
plus facile en flattant, au lieu de les blâ-
mer, les sentimens d'aigreur et de haine
qui les animaient alors contre l'Angleterre.

Et qu'il me soit permis d'exprimer ici
la profonde reconnaissance dont je me
sens pénétré, en me rappelant avec
quelle indulgence l'on a accueilli l'une de
mes faibles productions. Je veux parler
du chapitre des *esquisses sur l'animosité
littéraire* qui trop long-temps a divisé
l'Amérique et l'Angleterre. Je ne saurais
peindre le sentiment de satisfaction que
j'éprouve en voyant que mes réflexions

sur ce sujet ont excité une approbation
et des applaudissemens aussi inattendus
qu'unanimes des deux côtés de l'Atlantique ; et, si j'en parle ainsi, ce n'est
point par un mouvement de puérile vanité ; je suis loin d'atribuer à mon propre
mérite l'effet qu'a produit ce chapitre :
il est court, accidentel ; les idées en
sont simples et communes. Le sujet, le
sujet seul a tout fait. Les lecteurs étaient
favorablement disposés à l'avance ; mes
compatriotes applaudissaient du fond du
cœur aux sentimens d'amour filial que
j'exprimais en leur nom pour la mère-
patrie, et les Anglais ont répondu avec
une heureuse sympathie aux accens d'un
étranger qui, sans appui, seul sur une
terre étrangère, élevait la voix pour défendre son pays injustement outragé.
Il existe des causes sacrées dont le simple
exposé excite l'intérêt de tous les cœurs
généreux ; et pour émouvoir, l'on n'a pas
besoin des secours de l'éloquence, lorsque
l'on défend son épouse, sa mère ou
sa patrie.

II.   8

Si donc je me félicite du succès d'un article aussi faible , c'est que j'y vois la preuve que quelques mots prononcés à propos et dans un esprit de conciliation peuvent produire les plus heureux effets ; la preuve que les deux nations conservent des sentimens de bienveillance réciproque qui , semblables au feu caché sous la cendre, n'attendent pour se développer et devenir une flamme vivifiante que le plus léger souffle ; la preuve que les deux nations , ainsi que je l'ai pensé et maintenu constamment, seraient bientôt unies par une estime et une amitié sincères ; si, déposant leur plume empoisonnée , les esprits malfaisans qui s'étudient à entretenir entre elles l'animosité et l'aigreur , laissaient des cœurs rapprochés par les liens du sang, suivre le doux penchant de la nature.

Encore une fois je le répète, et c'est avec l'intime conviction que je ne puis me tromper, mes concitoyens , en général , sont favorablement disposés pour l'Angleterre. Je ne me lasse point de rap-

peler cette assertion, parce qu'il me semble que l'on ne saurait la répéter trop
souvent, et parce que d'ailleurs elle a
trouvé des contradicteurs. Mes compatriotes les plus distingués par leurs lumières et l'élévation de leurs idées, ceux
qui dirigent ordinairement l'opinion publique, sont animés du désir sincère et
prononcé d'entretenir avec l'Angleterre
des relations de bienveillance et d'amitié;
mais ils conservent en même temps une
certaine défiance, et n'espèrent point
trouver en Angleterre les mêmes sentimens d'affection. Les attaques dirigées
contre leur contrée par les écrivains anglais les a rendus soupçonneux à l'excès,
et l'on a mal à propos considéré cette
susceptibilité accidentelle comme un système permanent d'hostilités.

Quant à moi, il me semble que cette
humeur ombrageuse est la preuve d'un
généreux caractère. Mes concitoyens seraient déchus à mes yeux de cette mâle
indépendance qu'ils tiennent de la nature; ils seraient déchus de cette noble

fierté que leur a transmise l'orgueilleuse
nation dont ils descendent s'ils cour-
baient servilement la tête sous les affronts
et les outrages. L'impatience même avec
laquelle ils supportent les insultes que
leur prodiguent journellement certains
auteurs prouve à quel point ils désirent
se concilier l'estime et l'affection de l'Angleterre; car la jalousie ne provient jamais que d'un excès d'affection.

Ces outrages, nous dit-on, sont l'œuvre
d'obscurs folliculaires que la nation entière récompense par le silence du mépris; mais leurs calomnies se répandent
au loin, et le silence dédaigneux de la
nation n'est remarqué que par elle. Que
l'Angleterre, ainsi que je l'ai déjà dit, fa-
vorise donc le développement de ce mu-
tuel esprit de conciliation; qu'elle em-
ploie un moment le langage de la bienveillance et de l'amitié, et elle trouvera
tous les cœurs américains disposés à lui
répondre.

Dans les sentimens que je viens d'exprimer il n'est rien dont la noble fierté

de mes compatriotes puisse être offensée.
Ce n'est point par intérêt que nous nous
rapprochons de l'Angleterre; nous ne
demandons rien comme une faveur; nous
n'avons pas besoin de son amitié, et sa
haine est pour nous peu redoutable.
Nous ne demandons rien aux nations
étrangères que nous ne puissions leur
rendre à notre tour ; mais à l'égard de
l'Angleterre, c'est un élan du cœur qui
porte vers elle; c'est la voix du sang
qui parle toujours en nous. Écartons tout
motif d'intérêt, oublions nos anciennes
querelles; ce sont de vieux parens qui
vous offrent leur amitié; mais nous vous
en supplions, ne nous repoussez pas,
ne brisez point les liens du sang, ne
souffrez pas surtout que des calomniateurs
et des libellistes éloignent de votre sein
une nation votre ancienne alliée: nous
demandons votre amitié; ne nous forcez
pas de devenir vos ennemis.

Au surplus , c'est un illustre écrivain
anglais qui nous fournira les plus puissans argumens pour démontrer la né-

cessité d'une amitié réciproque et nationale. « Il existe entre nous, dit-il,
» des liens sacrés d'origine et de langage
» que rien ne peut détruire. Notre litté-
» rature sera toujours la leur, et si leurs
» lois ne sont plus les nôtres, du moins
» nous avons une Bible commune, et
» nous adressons au ciel les mêmes
» prières. Les nations se persuadent,
» trop facilement peut-être, qu'elles ont
» des ennemis naturels; pourquoi ne croi-
» raient-elles pas aussi aisément que la
» nature leur a donné des amis (1). »

Nous devons espérer de la magnani-
mité des deux peuples que cette heureuse
affection inspirée par la nature produira
tout son effet; je laisse à des écrivains
plus habiles la noble tâche d'entretenir
et de fortifier cette amitié nationale.
Quant à moi, en même temps que je

---

(1) Extrait d'un article du *Quarterly Review*
(attribué à Robert Southey, écuyer). Il est fâcheux que les rédacteurs de ce journal oublient
si souvent le texte amical que nous venons de
citer.   (*Note de l'Auteur.*)

m'adresse en partant à mes concitoyens
les plus distingués par leurs connaissances
et leurs lumières pour les supplier de
mépriser les misérables outrages d'igno-
rans libellistes, et de considérer sans préjugés, sans prévention, les grands génies de l'Angleterre comme la source de
notre grandeur naissante, j'en appelle
aussi à tous les Anglais magnanimes des
insultes périodiques qui déshonorent leurs
journaux, outragent le bon sens, et dé-
mentent cette générosité dont ils se glo-
rifient. Je les prie de voir dans les Américains leurs alliés, leurs parens, une
nation digne de son origine, une nation
qui, par sa croissance rapide, prouve la
vigueur de sa souche paternelle, et dont
la renommée naissante, brillant déjà d'un
vif éclat, n'est qu'un rayon émané de la
gloire de l'Angleterre.

Cet appel ne sera pas inutile, j'en
suis certain. Depuis quelque temps j'ai
remarqué un changement notable dans
l'opinion des Anglais à l'égard des Américains. Dans le parlement, dont les dé-

cisions influent si puissamment sur l'opinion publique, les deux côtés des chambres semblent rivaliser de zèle dans l'expression de leur amitié, Chaque jour cet
esprit fait de nouveaux progrès parmi
les premières classes de la société. Elles
laissent éclater une curiosité toujours
croissante concernant mes concitoyens
et ma patrie, un désir insatiable de les
connaître, qui produiront nécessairement
des résultats favorables. Le temps des
libellistes n'est plus, du moins je l'espère,
et le règne de la calomnie est passé. Ces
basses plaisanteries, ces fades lieux com-
muns qui si long-temps ont été le langage à la mode en parlant de l'Amérique,
sont maintenant abandonnés au vulgaire
ignorant et aux écrivains mercenaires,
vils bouffons littéraires qui ne vivent que
de traditions, tandis que tous les
hommes éminens par leurs lumières et
l'étendue de leurs connaissances se glo-
rifient de faire de l'Amérique l'objet de
leurs études.

Au surplus, qu'on partage ou non mes

opinions des deux côtés de l'Atlantique,
et quelle que soit l'interprétation qu'on
leur donne, je les exprime sans réserve;
car, je l'ai souvent observé, le parti le
plus sûr est toujours de parler avec franchise. Je n'espère point un jour voir les
deux nations unies par les liens d'une
affection romanesque ; mais je pense que
si les hommes concilians ne laissaient
échapper aucune occasion d'exprimer
leurs sentimens de bienveillance, ils réus-
siraient infailliblement à maintenir entre
elles une heureuse cordialité. Si, par
mes faibles écrits, j'ai contribué le moins
du monde à produire cet heureux résultat,
j'éprouverai une douce satisfaction en son-
geant qu'une fois au moins dans le cours
d'une vie passablement indolente je me
suis rendu utile ; qu'une fois, par hasard,
ma plume, qui en général a été employée
d'une manière peu profitable, a réveillé
une heureuse sympathie entre la terre de
mes ancêtres et la contrée chérie qui
m'a donné le jour.

Animé de cet espoir, j'adresse maintenant mes adieux au sol paternel. Je contemple avec anxiété les sombres nuages qui obscurcissent son horizon politique, et je désire sincèrement qu'un heureux souffle les dissipe, et nous découvre un ciel pur et serein. Sur le point de m'éloigner, mon cœur est rempli d'émotions tendres et à la fois mélancoliques. Semblable à un enfant qui abandonne la maison paternelle, je m'arrête à chaque pas, et je reporte encore mes regards vers elle en lui adressant ces vœux dictés par la piété filiale : «Que la paix règne dans tes murs, Angleterre chérie; que l'abondance remplisse tes palais; et pour le bonheur de tes habitans chrétiens comme moi, que toujours la concorde réside au milieu d'eux.

FIN DU DEUXIÈME ET DERNIER VOLUME.

TABLE

DU SECOND VOLUME.

—

FIN DE LA TABLE.